张炜文存

插图珍藏版 16 诗歌

归旅记

山东教育出版社
SHANDONG EDUCATION PRESS

前 言

从二十世纪七十年代尝试写作到今天，张炜创作发表了大约一千五百万字的作品，这还不包括他亲手毁掉的约四百万字的少作。就体量而言，现当代的严肃作家几乎无人可出其右者。这些文字至广大而尽精微，有宏阔的视野和抱负，也有对人性与存在最幽微处的洞察和发掘。张炜不但代表齐鲁文学的高度，也一直屹立在中国文学的高原。鉴于此，我们请张炜先生编选了这套颇能代表其个人创作实绩的文丛，也希望它能成为引领读者深入张炜丰茂的文学世界的一个精要读本。

阅读张炜，并不是一件轻松的事情。

四十余年来，张炜切实参与了新时期文学的进程，且在每个时段均留下具有范本意义的作品，如《古船》《九月寓言》《你在高原》《融入野地》等代表作无一不被允为中国当代文学的经典。有意味的是，除了在二十世纪九十年代前期以忧愤的态度参与过人文主义精神的讨论，在更多的时间里，他与所谓的文学热点和流行话题自觉保持着距离，他的创作也很难被妥帖地归类到某一文学思潮和概念之下。比如，在一些文学史中，《古船》是反思文学的集大成之作，在另一些文学史中，它是改革文学的扛鼎之作，还有一些文学史则将其放入寻根文学的专章中讨论。事实上，张炜对庞大之物近乎偏执的关怀，他那些让人战栗的道德诘问，他交织着时代的迫力、灵魂创伤与人类苦难的文字所彰显出来的写作的德性和思想性都决定了他不会是一个文坛的“弄潮儿”，恰恰相反，他常常是潮流化写作的反动者。可是，当我们以文学史的眼光回头打量他所置身的文学时代，又会讶异地发现，原来有那么多重要的文学话题，张炜在它们成为热点之前便已做出实践或洞见。比如，批评界一度称许新历史主义写作，尤其推重以个人史、家族史取代阶级史和革命史的写作范式，在批评家们罗列出一通九十年代的重要文本之后，蓦地发现发表于一九八六年的《古船》已经几乎包孕了这个写作范式所有可能的向度，并且以家族史和阶级史并举的方式避免了新历史主义容易滋生的意义偏失。又如，近年来批评界强调发掘中国本土的叙事资源，激活汉语传统美学的意义，而多年来张炜持续与古老而灵性不散的齐文化和更古老的神话传统对话，他在演讲中说过：“怪力乱神基本上是文学的巨资。”他在《〈楚辞〉笔记》《也说李白与杜甫》等诠解古代经典的散文中所表现出与前贤思接千载的会心以及借此获得的启悟，在《外省书》中对史传记人方式的创造性化用，也显见他对本土文学传统的倚重。再如，新世纪的底层文学蔚为壮观，欲迷人眼，当批评界顺着“底层”的概念前溯时，即会注意到张炜很早之前即有这样的提醒：“一个作家心灵的指针要永远指向生活在最底层的人们。”甚至有时，张炜会因创作上的前瞻意识让他的作品陈义过高而逾越出时代的理解和逻辑框架，导致外界严重的错位式的误读，如对其“道德理想主义”的标签化概括，以及连带的反现代性的保守立场的质疑等，在我看来，即属此例。

关注张炜的人都知道，《九月寓言》发表后，他一直承受着来自标榜启蒙现代性立场人士的非议，认为他的作品存在着一个善恶、正邪、大地伦理与现代文明的二元结构，并以对后者的弃绝将自己变成一个与潮流逆势的具有强烈乌托邦气质的不合时宜者。张炜对此决不妥协，他把道德力量视作一个写作者才华和人格构建的关键部分，依旧以近于独战的姿态横对失范的科技理性和物质欲望。阅读张炜的这些文字，常常让人想到二十世纪思想史和文学史上被划归到文化保守主义阵营的那些名字，学衡派、新儒家、杜亚泉、梁漱溟、梁实秋……他们在历史潮汐的进退中也一度被时人视为逆流而生的卫道士，是螳臂当车的文化反动势力，但当后来的人们跳出时代的烟云却发现，他们的探求和思索与西方近现代以来尤其是启蒙迷思被世界大战轰毁之后兴起的新人文主义思潮遥相呼应，他们代表的是对人类中心主义和工具理性万能论进行自我反省与批判的另一现代性路径，是参与现代性对话的建设性思维，也是与主导性的历史行为和历史观念相对峙的必不可少的制衡力量。当代西方最重要的伦理学家麦金太尔在他的《德性之后》中曾提出一个重要的问题：谁来为失去形而上学品质的现代人的精神立法，或者说，在德性被放逐的时代还有没有对个人而言的至善的目标？他如此质问道："道德行为者从传统道德的外在权威中解放出来的代价是，新的自律行为者可以不受外在神的律法、自然目的论或等级制度的权威的约束来表达自己的主张，但问题在于，其他人为什么应该听从他的意见呢？"他认为当代人深陷一种"情感主义"的道德迷思中，走出这种迷思的根本在于为当代人重建德性，而"德性必定被理解为这样的品质：将不仅维持使我们获得实践的内在利益，而且也将使我们能够克服我们所遭遇的伤害、危险、诱惑和涣散，从而在对相关类型的善的追求上支撑我们，并且还将把不断增长的自我认识和对善的认识充实我们。”我们以为，张炜的“道德理想主义”也应在此意义上理解。他捍卫君子固穷的价值观、严守义利有别的守成文化立场其实是对上述现代人文主义思路的自觉传承，其间固然有接续“斯文”、承袭道统的传统天命意识，亦有在终极关怀的层面重建现代人的意义世界的激进实践意图。他坚守民间的姿态也绝非像某些批判者说的那样是蹈入了老旧道德的泥淖，这些批判者被时代困陷的局限让他们忽略或者说失察了张炜站在全人类立场的超越意识和存在意识。而且，张炜这一信念几乎在他写作之初就建立起来，它当然经过一个不断磨砺和成熟的过程，但并不像一些批评者描述的那样存在着一个从八十年代张炜到九十年代张炜的急遽转型。我们分明可以在老得、隋抱朴和宁伽之间看到一条贯通的精神的丝缕。我们也不应忘记，《你在高原》的写作所经历了漫长的二十二年，没有持之以恒的心力和不为世移的信念，这样一部描写五十年代生人意志、情感和命运的百科全书式的大书不会完成。

明乎此，我们也就不难理解为什么张炜的写作不能被简约地归类了，他的写作对应的并非时代，而是时间。他不存在趋时的问题，自然也就无法被时代利诱或者绑架；他能预知文学的热点，只是因为他内心有对文学恒常价值笃定的判断。也因此，我们以为，出于表达的权宜，人们可以用一些约定俗成的语汇来评价张炜其人其文，但必须警惕这些语汇对其文学世界丰富性的缩减。比如我们一再提到的“民间”。因为参照物的不同，“民间”至少有两重意涵，它既可以指与庙堂相对的知识分子的价值寄居地，亦可指与精英文化相对的大众化的文化生成空间。张炜的民间立场中和了这两种意义的理解，同时又对二者抱有清醒的审视。四十余年中，他像一个真正的地质工作者一样不断漫游在以其故地为中心辐射开的莽野林间，并反复倾诉这种“在民间”的行旅之于写作的滋养，因为这种跋涉不但是对民间的亲历和发掘，还构成与庙堂那种案牍之劳的有效区隔，是逃逸体制化和职业化写作伤害的最有效的方式，漫游让他的写作与那些想象民间的写作之间划开了一道鸿沟。与此同时，他赞美民间的苍茫与混沌，颂扬民间热辣活泼的不驯顺的生命热力，但并不以为这是可以豁免民间藏污纳垢的理由，事实上他也从未搁置对民间之恶的揭示和批判—— 把张炜的民间简略成浪漫的乡愁或野地的生趣显然是失当的。

同样，我们也应当小心在时下生态写作的浪潮里，对张炜写作呈现出的生态伦理观念的简单追认。的确，他二十年前在《寻找野地》等作品中对大地之灵踪的追觅放之今日依旧是不可掩其光彩的，而他笔下还有那么多多姿多彩、栩栩如生的动物形象，有那么多对自然魅性的倾心书写，但仅以生态立场来解读他的这些作品是远远不够的。他写有情的生灵万物，写悲悯的山河大地，会让人想起《猎人笔记》《鱼王》《白鲸》《草原》《白轮船》，也会让人想起楚辞和诗经里那些精魂不散的草木花树，他以对自然的敬畏尝试建立连接“宇宙的神性”的可能。而且他并没有像很多生态写作者习惯的那样，因为要质疑人类中心主义的僭妄，便把人排除在自然万有之外，在他笔下，我们总能找到一个辽远的人，一个因为自然而获得性灵延展的人，用里尔克的话说，这是一个

“沉潜在万物的伟大的静息中”的人，他“不再是在他的同类中保持平衡的伙伴，也不再是那样的人，为了他而有晨昏和远近。他有如一个物置身于万物之中，无限地单独，一切物与人的结合都退至共同的深处，那里浸润着一切生长者的根”。某种意义上说，张炜文学世界的开阔和深邃来源于他对自然理解的开阔和深邃，来自于他作为野地之子深扎在大地中的根须。

阅读张炜的难度即在于习惯妥协和随顺的我们与一颗灼热的、忧虑的、高远的心灵对话的难度。“伟大的心魂有如崇山峻岭，风雨吹荡它，云翳包围它，但人们在那里呼吸时，比别处更自由更有力。……我不说普通的人类都能在高峰上生存。但一年一度他们应上去顶礼。在那里，他们可以变换一下肺中的呼吸，与脉管中的血流。在那里，他们将感到更迫近永恒。以后，他们再回到人生的广原，心中充满了日常战斗的勇气。”这是罗曼·罗兰在《米开朗琪罗传》的结尾部分谈到的，阅读张炜，我们会有庶几近似的感受。

本卷导读

张炜是小说家，也是诗人，迄今为止已创作了百余首诗歌。本卷收录了他代表性的诗作《皈依之路》《家住万松浦》《饥饿散记》《归旅记》《松林》等。

张炜的诗多以其生身之地为地理背景，在叙述自身童年经历、家族历史以及望乡情感的同时展示这片土地的复杂历史与独特文化，字里行间流露出对高山大川和万物生灵的炽热感情。

长诗《皈依之路》紧扣“皈依”主题，通过写一个浪迹天涯的游子漫游于充满神奇和野趣的大地，真诚地为这片土地上生活着和生活过的自然万物和鲜活生命礼赞。诗中对生命缘起、人的价值和人类归宿的追问也值得深思。

《饥饿散记》回忆“不让人愉快”的“饥饿”与“死亡”故事，记录在粮食匮乏的年代人们的肉体残损与精神异化，苦难感力透纸背。《归旅记》以一个老者的口吻和姿态讲述一段“寂寞和孤独”的旅程，辅以大量半写实半想象式的古今中外的人物风景，追问“我们从哪里来到哪里去”这一恒久命题，得出“有什么比生命更轻微更短暂”“有什么比荒诞更永恒更坚硬”的结论。《松林》中诗人面对无边无际、生机勃勃的松林，巧妙化用动物、植物、河海等意象，并对“生命”进行了富有灵性和人文气韵的思考。

总体而言，张炜的诗歌充溢着对故乡家园的真诚眷恋，以及对未来远方的无限憧憬，表征着诗人浓烈的“漫游”情结。以诗人所眷恋的故园为基点，抒情主人公独自在通往未来远方的大地之上奔走或徘徊，执着追寻心中的理想。然而，漫游者走得越远便越思念故乡，于是，行吟诗人的情感历程与《出埃及记》的救赎意味合二为一，昭示出诗人张炜宽广而崇高的精神向度。

一九九六年在济南致远书店

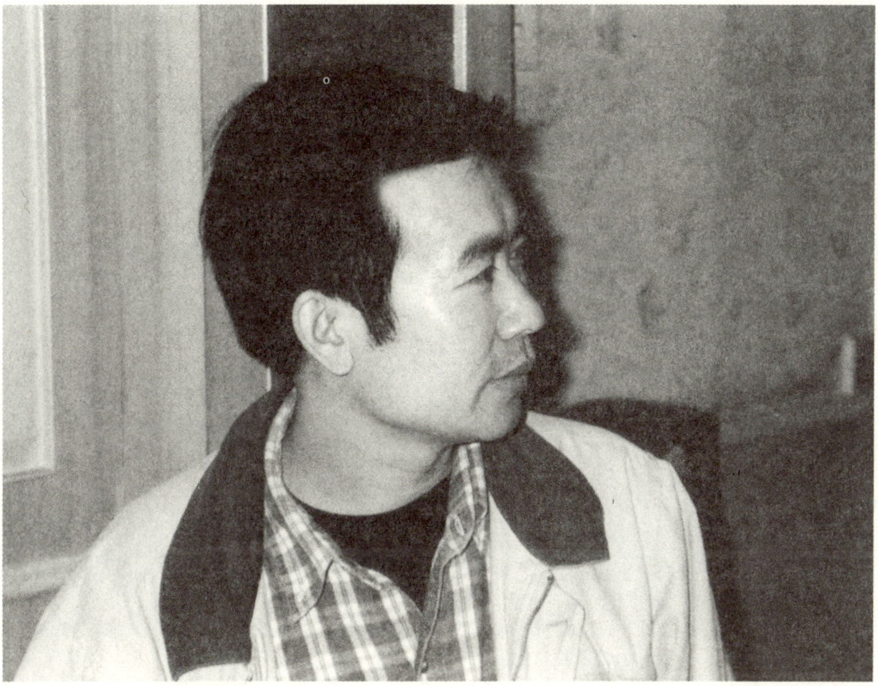

一九九九年在济南文学研讨会上

二〇〇二年冬在万松浦书院

二〇一三年在云南知青博物馆

目 录

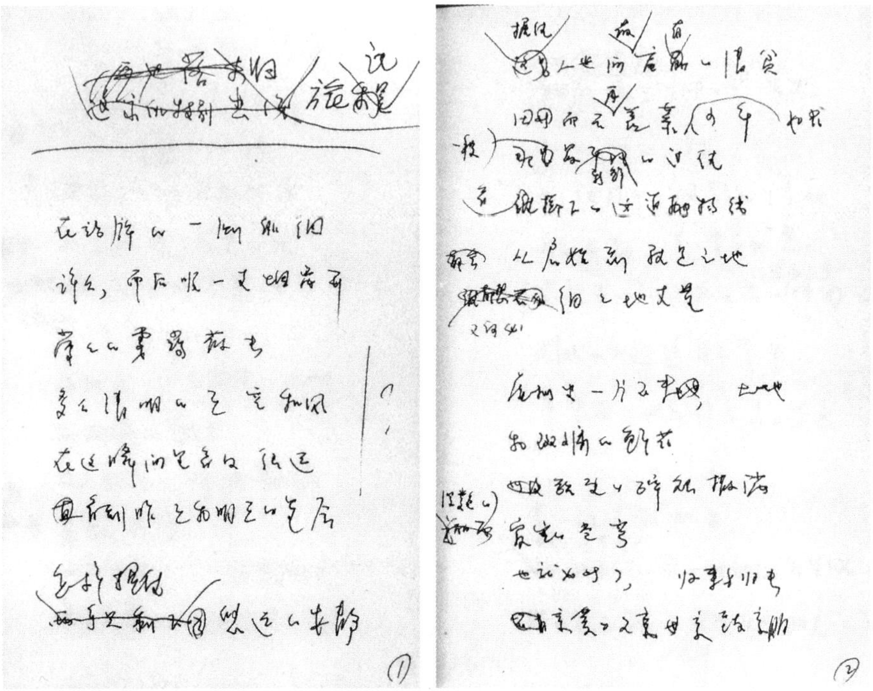

归旅记

1

在站牌的一侧徘徊
许久，吸一支烟离开

怎样握住悠远的安静
握住富有的清贫
怎样掷下一道抛物线
再从头细细丈量

穿过一片玉米，大地
和斑斓的鲜花
欲望的碎银撒满深紫色苍穹
如此归来归去，亲爱的

我们一起从空旷的门庭出发
走过一程又一程
为了传说中的景点和险地

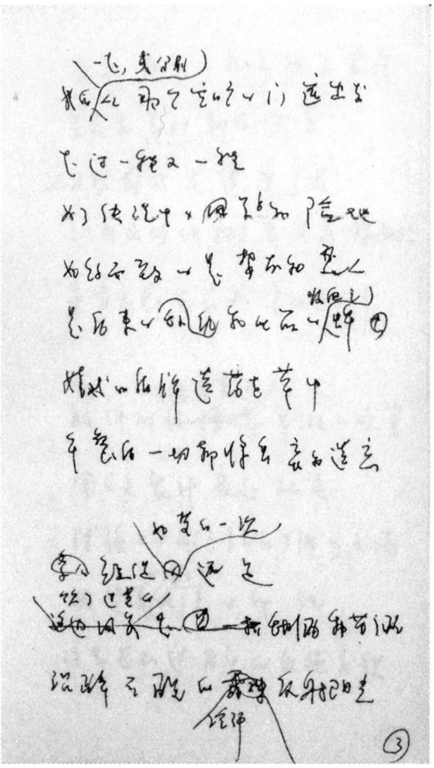

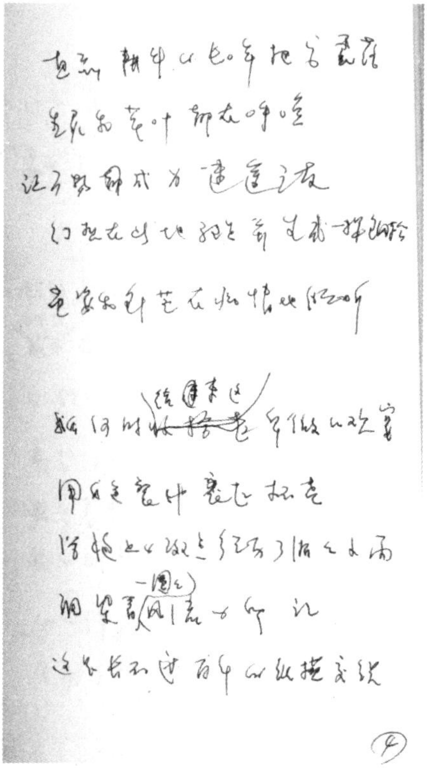

如约而至的是挚友和恋人
是后来的仇敌和以前的吸血蜱
嬉戏的盾牌遗落在草中
午餐后一切都将丢弃和遗忘

短促如梦的一次远足
饮了过量的甜酒和苦酒
沉醉不醒的冷汗反射阳光
直到耕牛的长哞把它震落
万千生灵都在呼唤
它们是迷途之友
幻想在此驻足并生成一棵钢松
英姿和针芒在痴情地倾听

我们何时结束这卑微的欢宴
用白色餐巾裹起杯盏
浴袍上的斑点落下淅沥小雨
洇染着一圈圈风流的印记
这是长不过百年的纵横交织
这是青灯黄卷的倒影和
麦田上飘逝而过的一丝香气

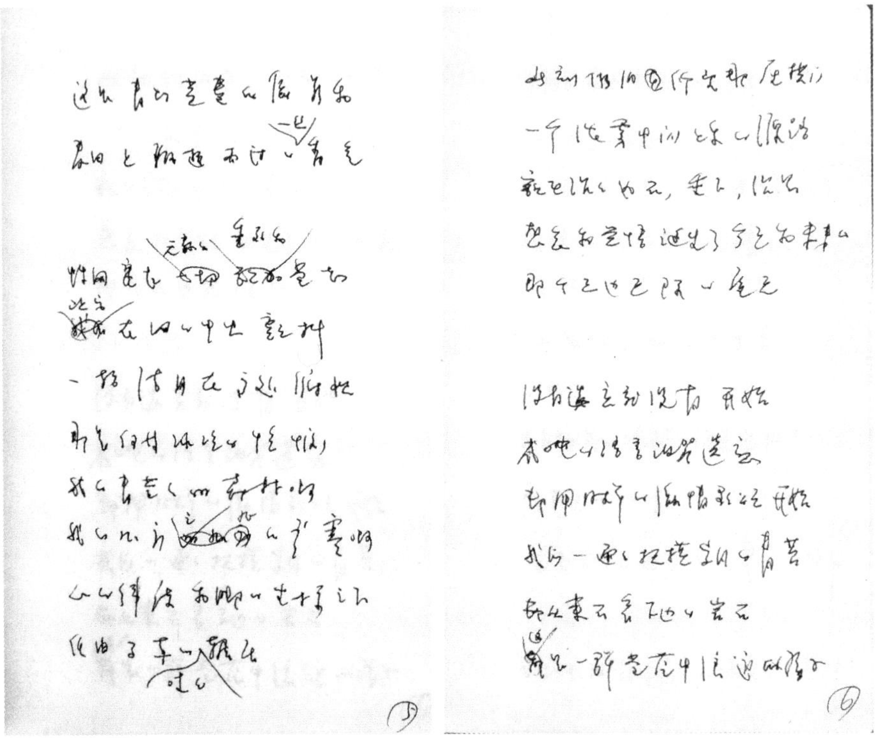

蛛网裹起无数的垂死和苍老
让它在网的中央颤抖
月亮苍白，在高处俯视
是何等冰冷的怜悯
我的青苍苍的森林啊
我的北方之北的严寒啊
心的纬度和脚的坐标
任由马车吱吱辗压
此刻仍旧仰望那座拱门
一个浓雾中闪烁的源路
额头沉沉如石，垂下
想念和觉悟诞生了今天和未来的
那个无边无际的虚无

2

没有遗忘就没有开始
成吨的语言诅咒遗忘
却用同样的激情歌颂开始
我们一遍遍抚摸岁月的青苔
却从来不看下面的岩石

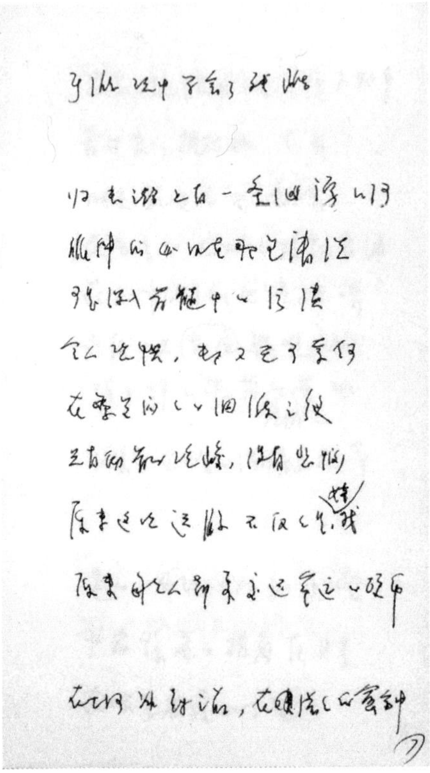
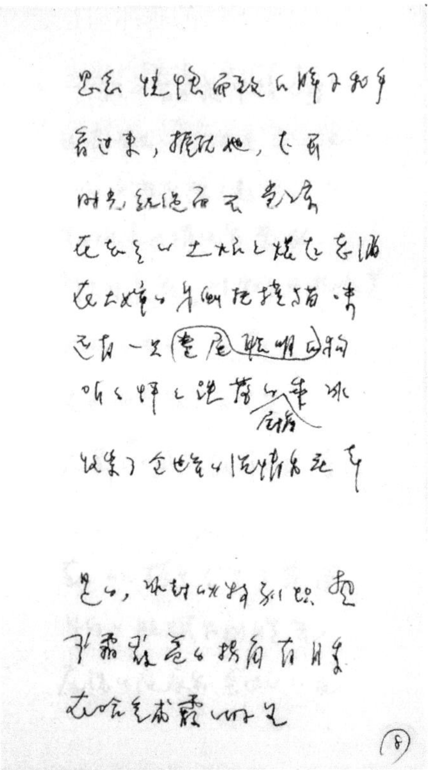

这是一群浪迹苍茫的孩子
在游玩中学会了残酷
归去之路要渡一条汹涌的河
所有人必在那里清洗
可是深入骨髓的污渍
令人恐惧，却又无可奈何
在繁星闪闪的泅渡之夜
只有彻骨的寒冷，没有悲悯
原来这次远游不仅是嬉戏
原来每个人都要交还命运的硬币

在大河冰封之前，在滋滋的愈合中
一双恍惚而至的眸子和手
看过来，握住她，走开
时光短促却并不苍凉
在老乡的土炕上煨起老酒
抚摸身侧的猫咪
还有一只卷尾狗
听砰砰跌落的屋檐垂冰
轰击着全世界的温情和庆幸

是的，冰封的火特别炽热

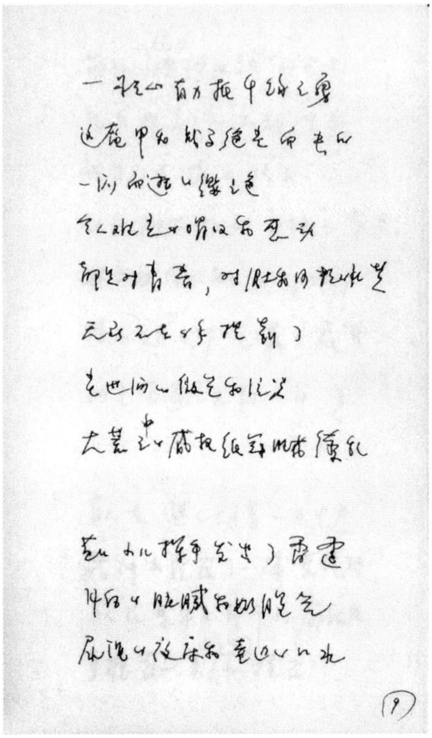
(9)

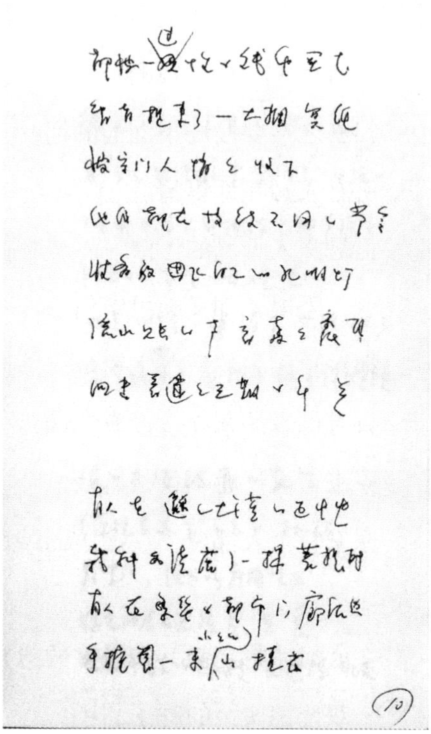
(10)

严霜覆盖的拐角有月季
哈气成霰的日子
一颗心有千钧之勇
这盔甲和战马绝尘而去的
一闪而逝的缨之色
令人难忘的喟叹
都是对青春、对泥土和冰粒的礼赞
无所不在的手捏制了
尘世间的微笑和泣哭
大荒之中的威权纸冠眼花缭乱

黄口小儿挥手发出雷霆
耳后的脏腻和奶腥气
尿湿的夜床和壶边的口水
都被一过性的钱币买走
智者提来了一大捆冥纸
被守门人悄悄收下
他们都在等待不同的节令
准备放飞孔明灯
流水之声轰轰震耳
回击遥遥无期的年关

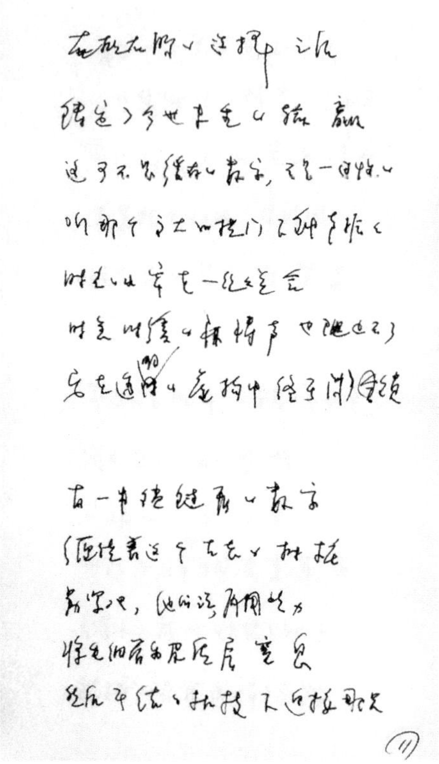

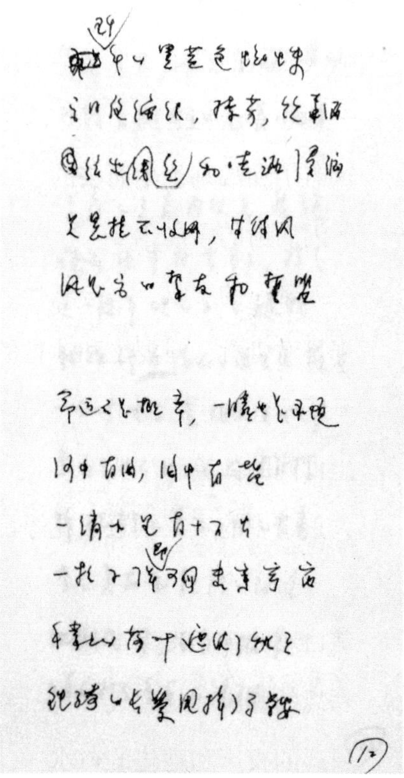

有人在邈邈大漠的中央
栽种和浇灌了一棵菩提树
有人在繁华的都市门廊后边
手握一束小小山楂花
左顾右盼的喘息之后
锁定了今世来生的输赢
这可不是缓存的数字，不是一过性的
听那个高大的拱门下钟声振振
时光的水帘在一丝丝关合
时急时缓的祈祷也阻止不了
它在一阵震颤中轰然闭锁

3

有一串锁链形的数字
缠绕着这个古老的树桩
勒紧吧，他们说，再用些力
将毛细管和皮质层窒息
然后从干枯的树枝下迎接那只
五千年的黑黄色蜘蛛
只悬挂不收网，等待风

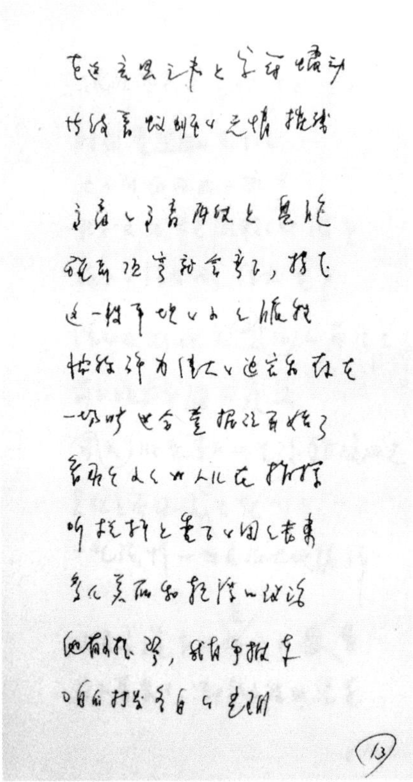
13

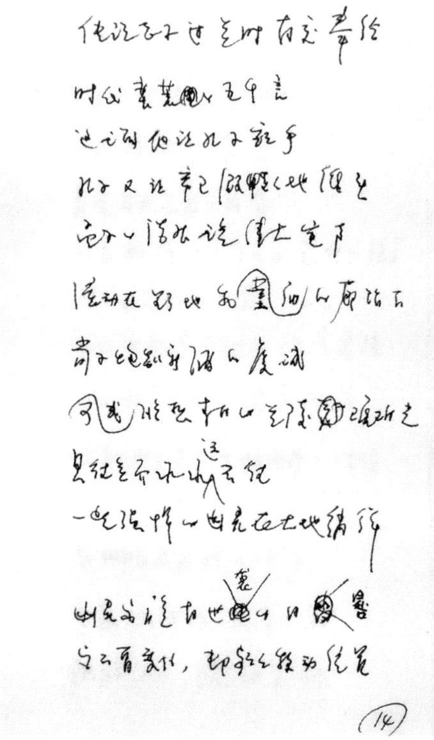
14

风是它的挚友和誓盟

命运不是概率，一瞬也是永恒
沙中有海，海中有盐
一滴水里有十万虫
一粒子弹可击穿宇宙
手掌上的落叶遮住了秋天
铁骑的长鬃甩掉了马鞍
玄思之书字符蠕动
等待蚁狮的无情摧残

高音的高音再往上盘旋
碰到顶穹就会弯下，拐走
这一段平坦的小小旅程
被称诩为伟大的迭宕和存在
一场旷世合奏开始了
看那个小小的人儿在指挥
他有小提琴，我有手推车
打发各自的光阴

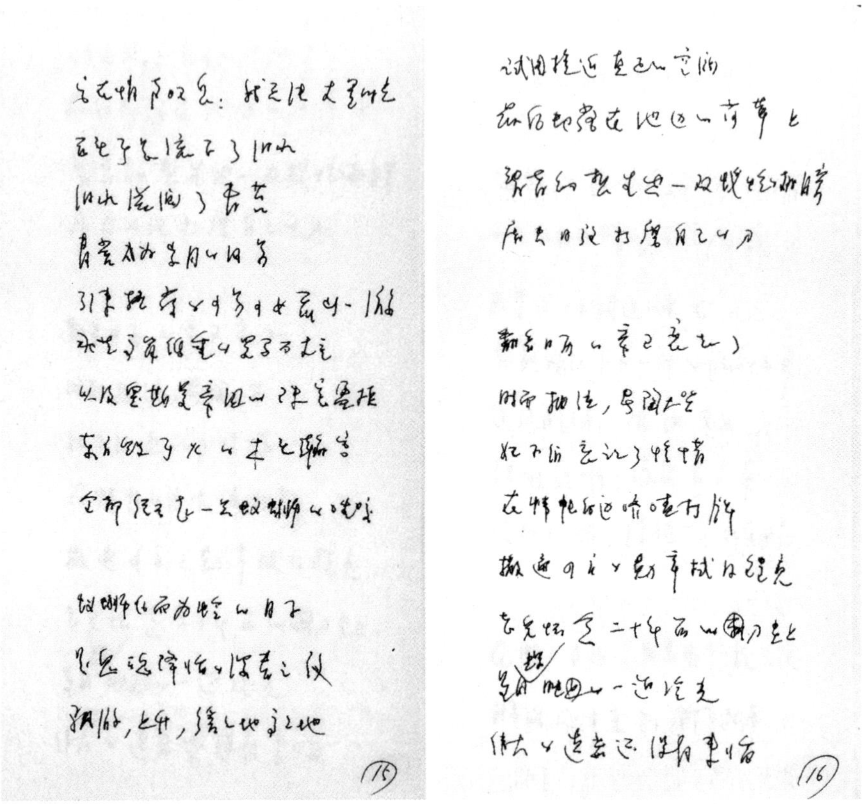

4

传说老子过关有交奉给
时代蛮荒的五千言
这之前他让孔子额手
孔子又让帝王假惺惺地低头
孟子的浩然之气伟大宣声
滚动在野地和庙堂的廊阶下
荀子炮制新酒的虔诚
或可联想李白的兰陵琥珀光
俱往矣而永远不往
一些强悍的幽灵在大地徜徉

幽灵家族有世袭的日晷
它不曾变化，却频频移动
它在悄声叹息：我无法丈量时光
石头于是流下了泪水
泪水滋润了青苔
青苔成为岁月的斑纹
引来轻薄男女到此一游
那些高耸低垂的罗马石柱

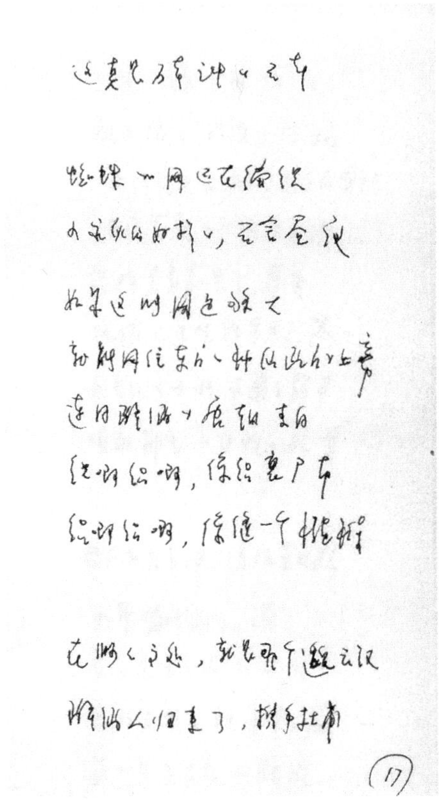
(17)

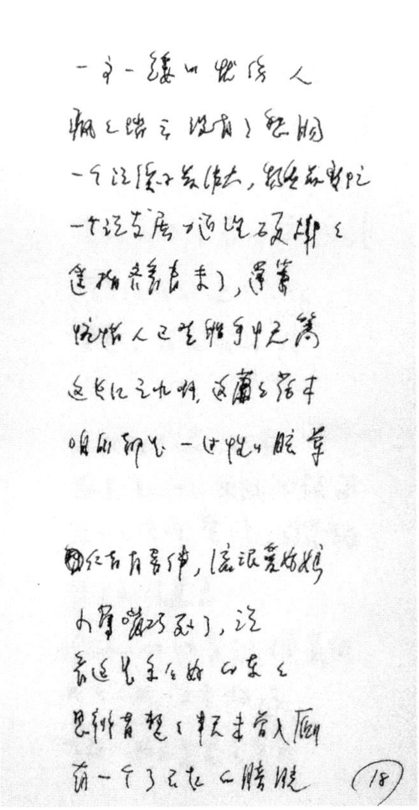
(18)

奥斯曼帝国的珠宝盈柜
以及东方的木头瀚宫
全都经不起一只蚁蛳的噬咬

蚁蛳化而为蛉的日子
是鬼魂降临的深春之夜
飘游，上升，缓缓地高高地
试图挨近真正的空阔
最后却落在池边的莎草上
智者幻想出一双蚁蛉翅膀
屠夫日夜打磨刀具

翻看日历的帝王衰老了
时而抽泣，时而号啕
妃子们忘记了怜惜
在帏帐后边唧喳打牌
撒遍屋角的勋章拭得锃亮
老兵怀念四十年前的刀尖上
星月辉映的一道冷光
伟大的遗忘还没有来临
这是不幸之中的万幸

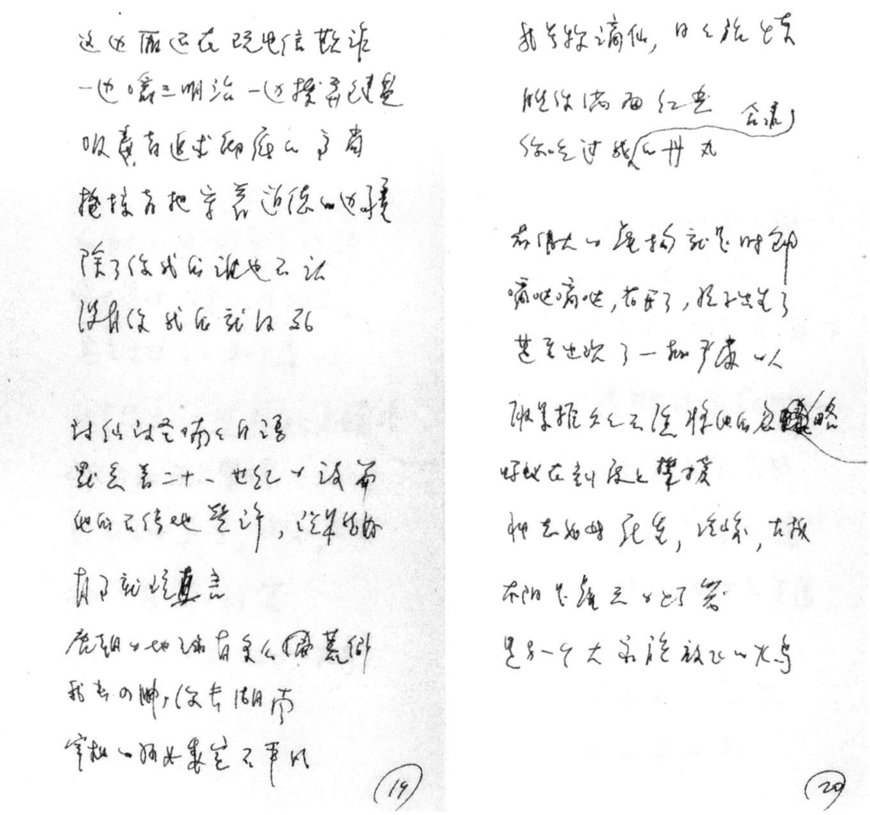

5

蜘蛛的网还在编织
小家伙们好样的，不舍昼夜
如果这张网足够大
就能网住东方的神仙西方的上帝
连同醉酒的唐朝的李白
织啊织啊，像织裹尸布
织啊织啊，像缝一个襁褓

在渺渺高处，就是那个邈云汉
醉酒人归来了，携手杜甫
一高一矮的忧伤人
飘飘踏云没有了愁肠
一个说傻子最伟大，物质最繁忙
一个说发展的道理硬邦邦
遥指齐鲁青未了
蓬莱在半岛东端
可叹人已登船手中无篙
这长江之水，这萧萧落木
都是一过性地眩晕

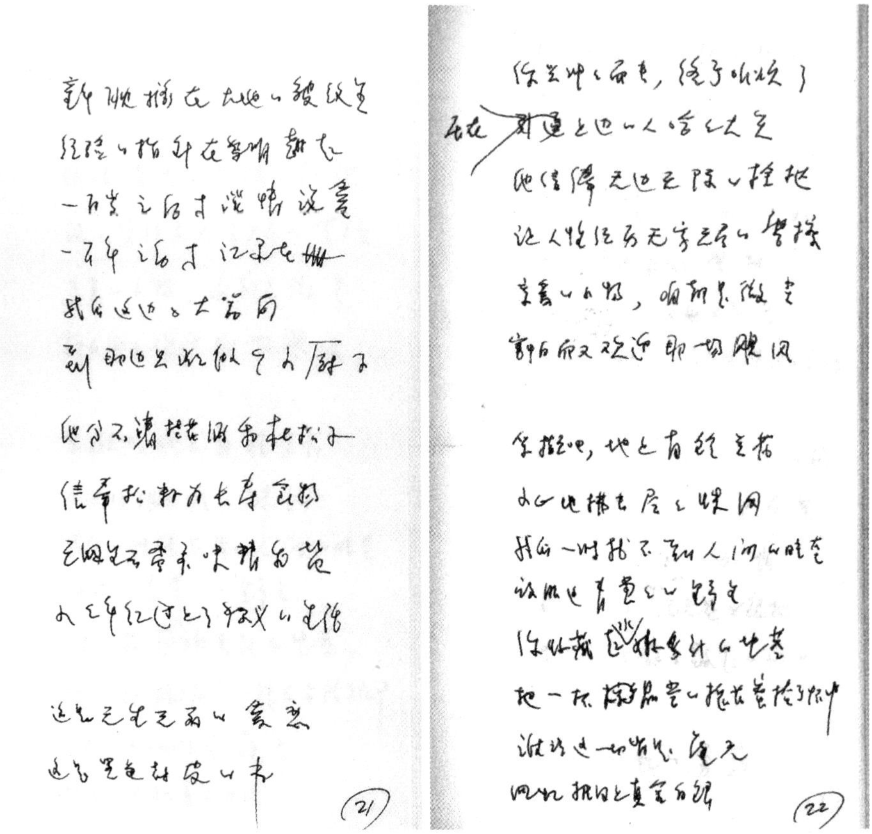

仁者有异伴，流氓爱姑娘
小薄嘴巧死了，说
看这是多么好的东西
思辩者整整半天未曾入厕
有一个了不起的膀胱
这边厢还在玩电信欺诈
一边嚼三明治一边拨弄键盘
吸毒者追求彻底的高尚
掠夺者把守着道德的边疆
除了你我们谁也不认
没有你，我们不能活

诗仙诗圣喃喃自语
默念着二十一世纪的诗篇
他们不停地赞许，说果然好
有事就该直言
唐朝的地球有多么荒僻
我去四川，你去湖南
宰相的孙女委实不凡
我号称谪仙，日日冶炼
瞧你满面红光

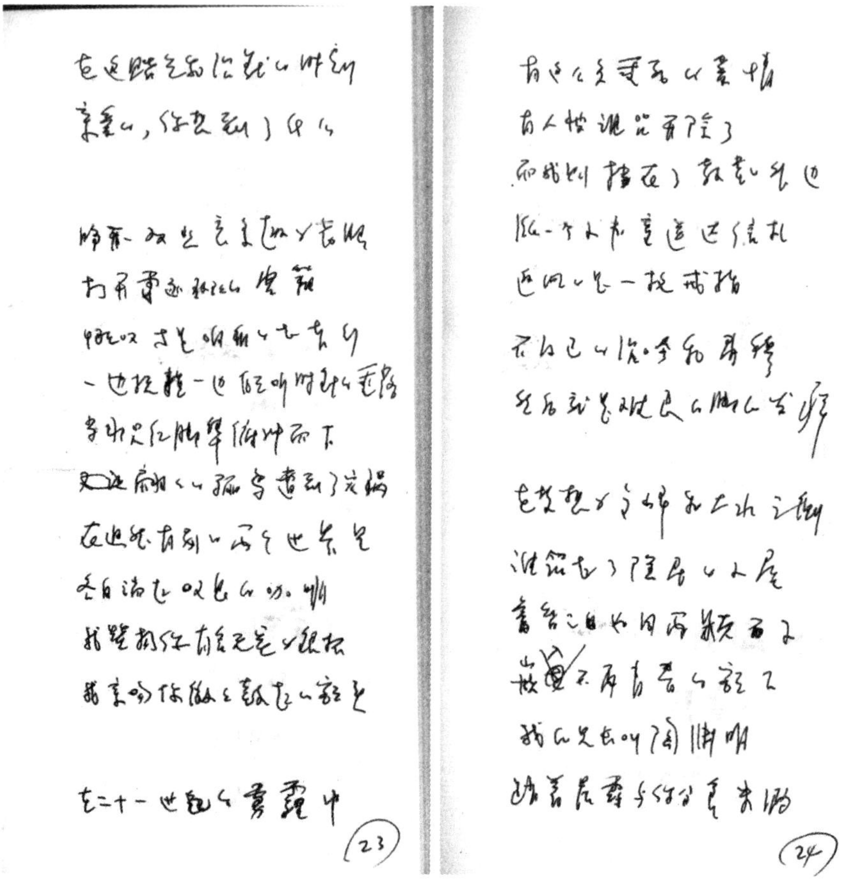

吃过我含汞的丹丸

6

最伟大的虚构就是时钟
嘀嗒嘀嗒，花开了，孩子出生了
甚至出现了一批严肃的人
取景框久久不愿将他们忽略
蚂蚁在刻度上攀援
神志如此庄重，冷峻而古板
太阳是虚无的灯笼
是另一个大家族放飞的火鸟

童年耽搁在大地的皱纹里
经验的指针在黎明翘起
一百岁之后才谈情说爱
一万年之后才记录在册
我们这边的大器局
到那边只配做个小厨子
他分不清桂花酒和杜松子

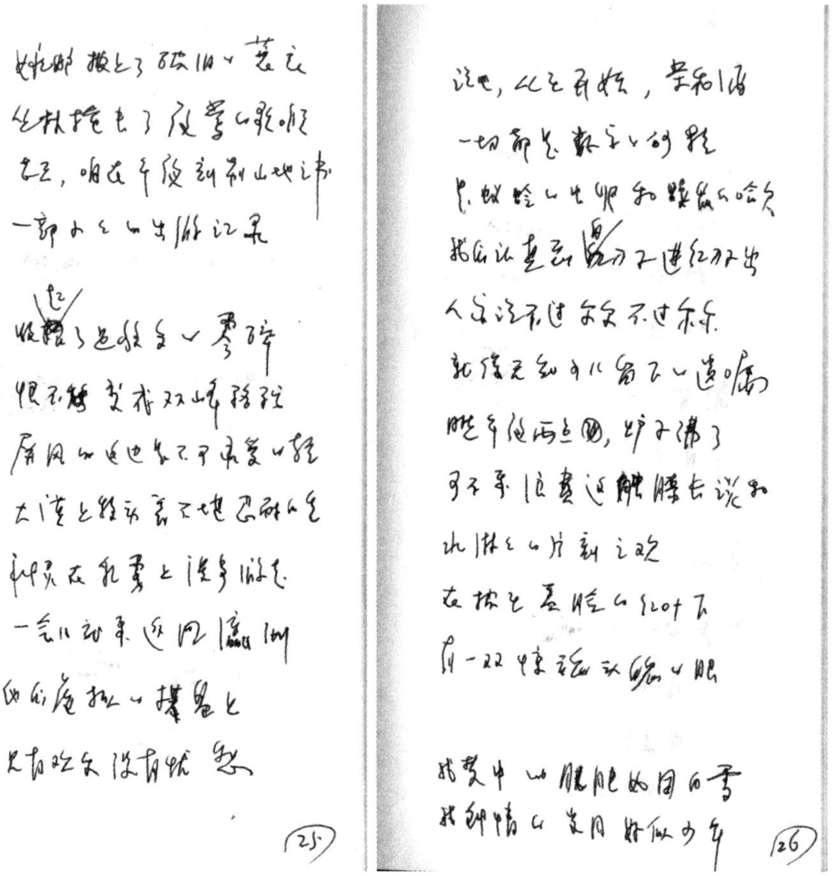

信奉松籽为长寿食物
天国里不需要味精和盐
小小年纪过上了称义的生活

这是无生无死的爱恋
这是黑色封皮的书
你兴冲冲而去，终于听烦了
压在上边的人哈哈大笑
他信奉无边无际的拴挺
让人性经历无穷无尽的摩擦
亲爱的小物，咱都是微尘
害怕而又欢迎那一场飓风

采撷吧，地上有铃兰花
小心地拂去层层蛛网
我们一时找不到人间的畦垄
放眼这青葱葱的野生
收藏起水嫩多汁的块茎
把一杯晶莹的槐花蜜掩入怀中
谁说这一切皆是虚无
回忆抵得上真金白银
在这赌气和沉默的时刻

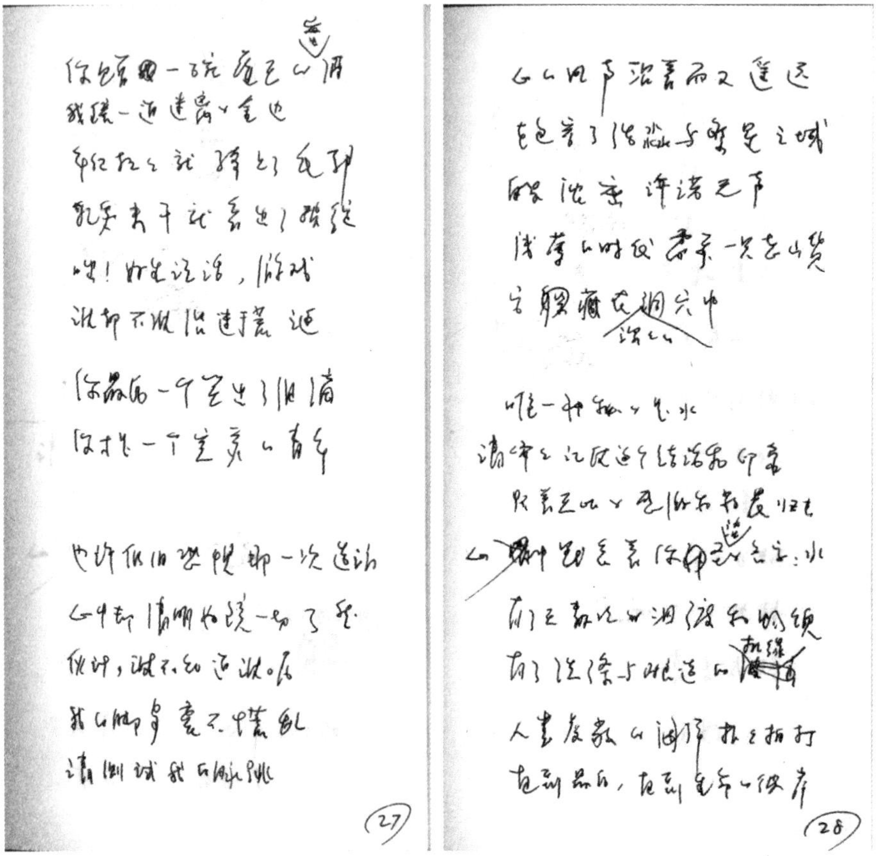

你包[illegible]一碗[illegible]的酒
我像一道迷离的金边
年纪轻轻就[illegible]上了风[illegible]
就[illegible]来于我当出了破绽
哦！好生说话，所以
我却不想你迷[illegible]

你需要一个宽容的[illegible]
你找一个宽容的青年

也许你们[illegible]那一次遥远
山中却清晰地说一切了[illegible]
伙计，谁不知道谁呢
我的脚步毫不慌乱
请测试我的心跳

(27)

山的风声沿着[illegible]而又遥远
包含了你温柔与[illegible]之域
[illegible]你家 许诺之声
浅薄的时候[illegible]一只[illegible]的[illegible]
它躲藏在深山洞穴中

唯一神秘的流水
请你[illegible]
[illegible]
山[illegible]你[illegible]水
[illegible]
[illegible]

人[illegible]
[illegible]

(28)

亲爱的，你想到了什么

7

睁开一双悲哀多趣的花眼
打开霉迹斑斑的典籍
慨叹才是老本行
一边抚摸一边倾听时针的垂落
当那只红脚隼俯冲而下
翩翩鹂鸟遭到了灾祸
在迥然的两个世界里
各自端起叹息的咖啡
我赞扬你有名无实的银杯
我亲吻你微微鼓起的额头

在二十一世纪的雾霾中
有这么多垂死的爱情
有人被诅咒开除了
而我挡在了教堂的外边
派一个小书童送达信札
迎回的是一枚戒指

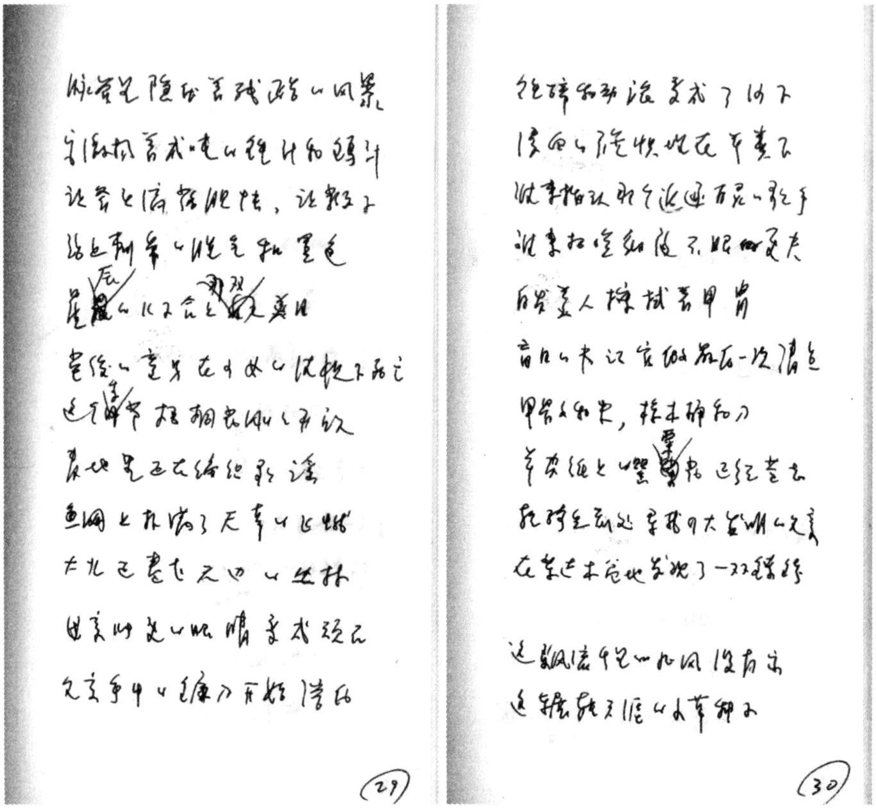
29
30

不得已的沉吟和肃穆
接下来就是难忍的脚心发痒

在梦想的高峰和大水之侧
谁筑起了隐居的小屋
睿智之目如同两颗石子
嵌入不再青春的额头
我的兄长叫陶渊明
踏着晨露与你分食米酒
嫉妒披上了破旧的蓑衣
丛林掩去了夜莺的歌喉
老天，咱在午夜刻制山地之书
一部小小的出游记

捡拾得足够多
恨不能变成双峰骆驼
屏风这边是不可承受的轻
大漠上移动着不堪忍受的重
神灵在乳雾上漫步游走
一会儿就要返回瀛洲
虚拟的棋盘上
只有欢乐没有忧愁

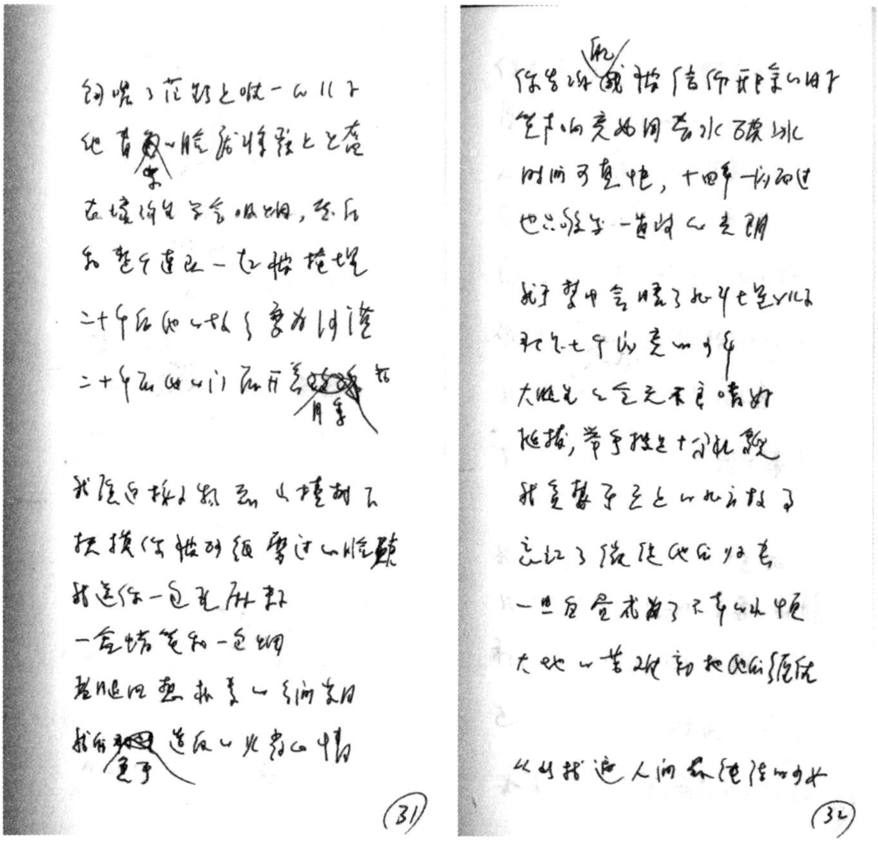

8

说吧，从头开始，茶和酒
一切都是数字的沙粒
是蚁蛉的虫卵和刺猬的哈欠
我们认真到白刀子进红刀子出
人家说不过尔尔不过尔尔
就像无知小儿留下的遗嘱
午夜两点，炉子沸了
不要浪费这促膝长谈和
水淋淋的片刻之欢
在披头盖脸的红叶下
有一双惊魂动魄的眼

我又一次梦见白雪
梦见了踏雪少年
你赠一碗虚无的蜜酒
我镶一道迷离的金边
年纪轻轻就骑上了毛驴
乳臭未干就看出了破绽
嘘！好生说话，游戏
谁都不准沉迷于荒诞

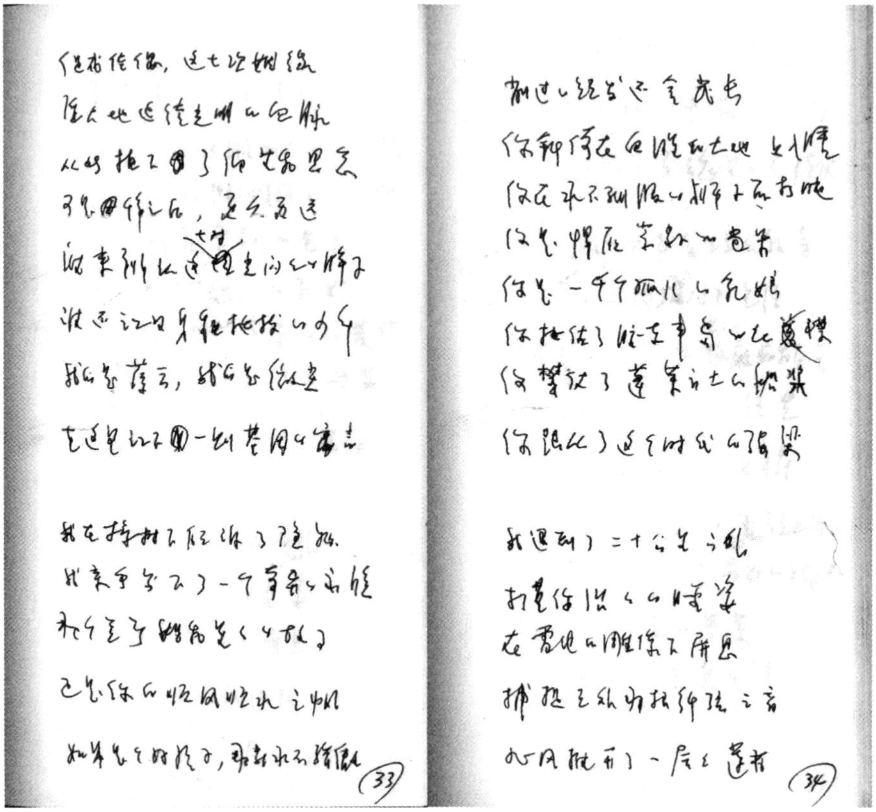

你最后一个笑出了泪滴
你才是一个完美的青年

也许仍旧恐惧那一次造访
心中却清明如镜一目了然
伙计，谁不知道谁呢
我的脚步毫不慌乱
请测试我的脉跳
心的回响沉着而又遥远
在包容了浩淼与繁星之域
白发浓密许诺无声
浅薄的时代需要一只老山货
藏入深深的洞穴中

唯一神秘的是水
请牢牢记住这个结论和印象
怀着感激和敬畏归去
心中默念着圣洁的名字：水
有了无数次泅渡和畅饮
有了洗涤与酿造的机缘
人类虔敬的海洋扑扑拍打
直到最后，生命的彼岸

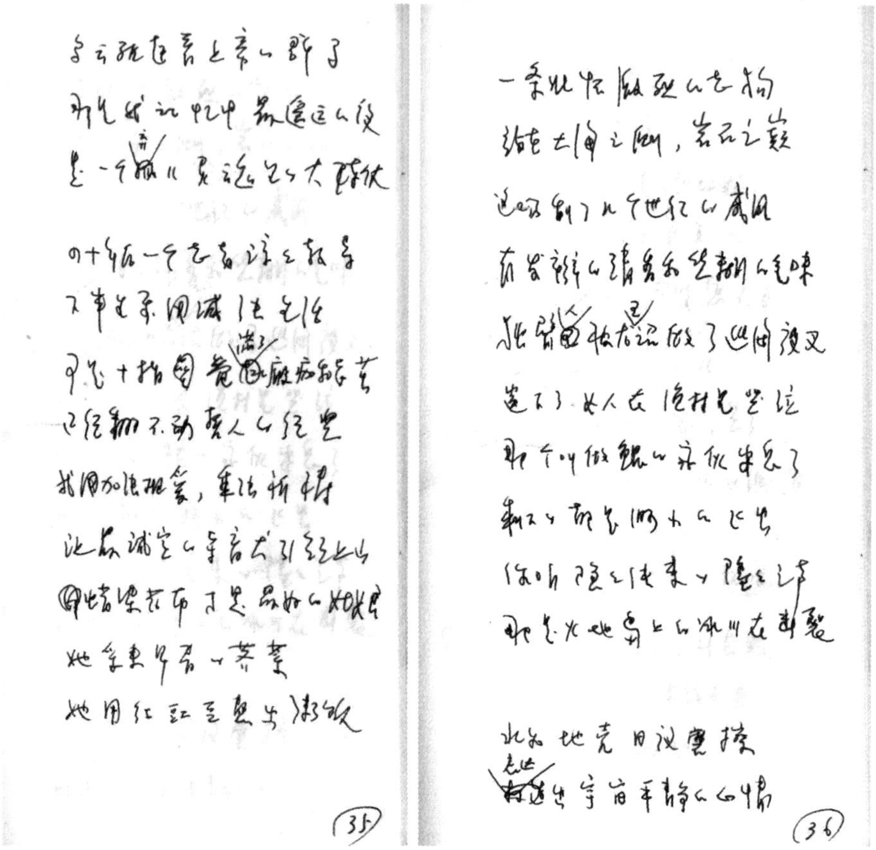

9

脉管里隐伏着残酷的风暴
它激荡着成吨的铁汁和钙汁
让斧头滴落胆怯，让鞭子
沾上刺鼻的腥气和黑色
星辰的儿子合上美目
英俊男童在少女脚下死亡
这个季节梧桐花刚刚开放
麦地正编织一支歌谣
鱼网上扑满了无辜的飞蛾
大火卷走无边丛林
母亲张望的眼睛变成顽石
父亲手中的镰刀开始熔化

铁蹄和劲旅变成了沙子
浸血的旗帜埋在羊粪下
谁来指认那个追逐百灵的歌手
谁来召唤彻夜不眠的更夫
白发美人擦拭甲胄
盲目的书记官做最后一次清点
甲骨文和米，橡木桶和刀

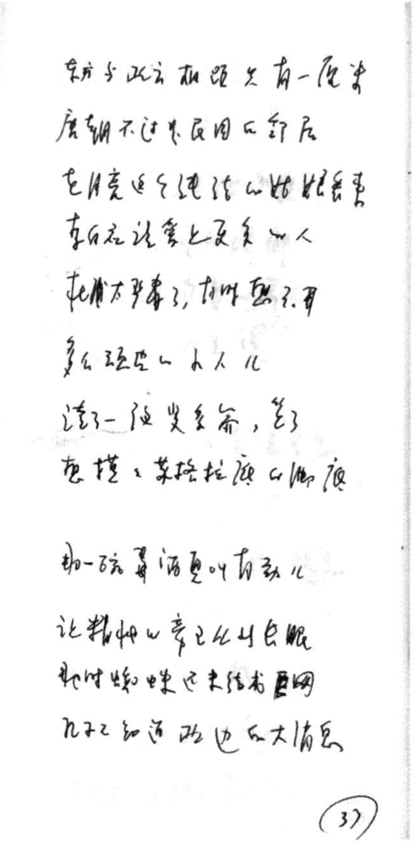
37

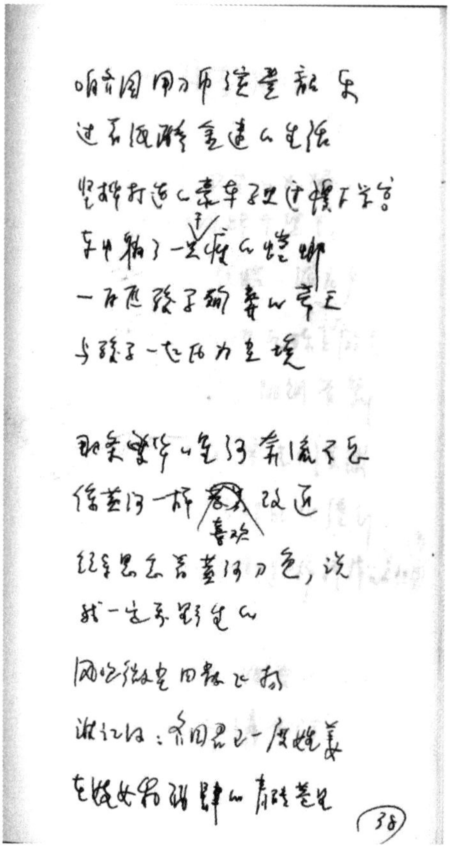
38

羊皮纸上的罂粟花已经苍老
轻骑兵到处寻找四大发明的父亲
在柴达木盆地发现了一双镣铐

这漂流千里的北风没有家
这辗转天涯的小草不发芽
饲喂了茫野上唯一的儿子
青紫的脸庞将覆上头盔
在壕沟里学会吸烟
和整个连队一起掩埋
二十年后故乡变成了沙漠
二十年前门口开满月季

10

我愿迎接小物到山楂树下
抚摸被砂纸磨过的脸颊
我送你一包亚麻籽
一盒蜡笔和一包烟
盘腿回想乡间岁月
那些急于造反的火药心情

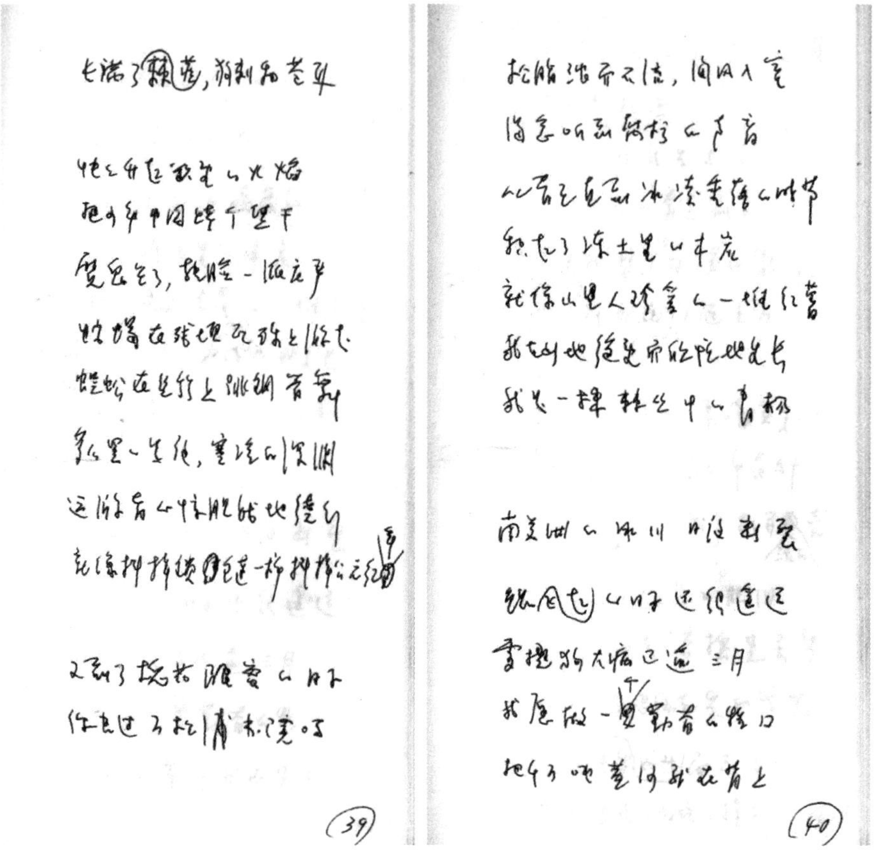

(39)

(40)

你告诉自己被信仰开除的日子
笑声响亮如同春水破冰
时间可真快，十年一闪而过
足够写一首诗的光阴

我于梦中会晤了北斗七星的儿子
那是七个闪亮的少年
大眼生生全无不良嗜好
挺拔，举手投足十分礼貌
我贪婪于天上的北方故事
忘记了催促他们归去
一旦白昼化为不幸的永恒
大地的苦难就把他们缠住

从此找遍人间最纯洁的少女
促成佳偶，七桩良缘
让大地延续光明的血脉
植下仰望和思念
可是千年之后，更久更远
谁来辨认七对光闪闪的眸子
谁还记得身躯挺拔的少年
我们是薄云，我们是微尘

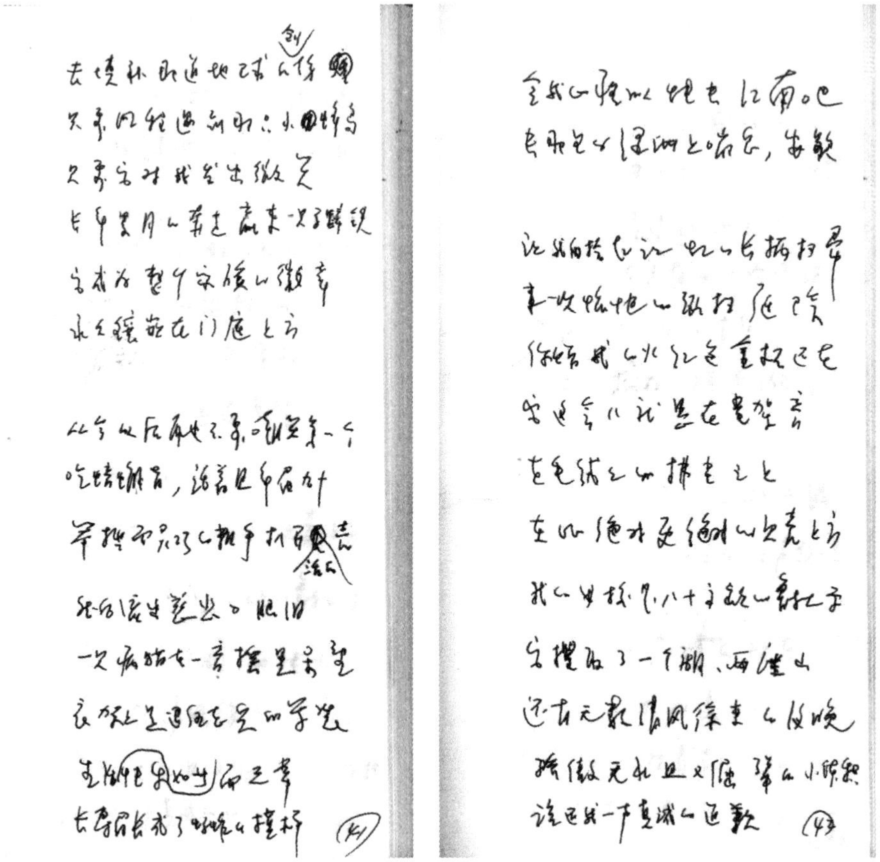

在这里记下一则基因的寓言

我在橡树下倾诉隐秘
亲手写下了一个奇异的家族
那个关于船和星星的故事
正是你的顺风顺水之帆
如果是个好孩子，那就永不骄傲
削过的短发还会茂长
你斜倚在血腥的大地上入睡
在永不驯服的狮子前打盹
你是悍匪娇纵的苞朵
是一千个孤儿的乳娘
你扯住了胶东半岛的衣襟
你攀住了蓬莱方士的船桨
跟从了这个时代的强梁

我退到了四百公里之外
打量你沉沉睡姿
在雷电的雕像下屏息
捕捉天外那根若有若无的纤弦
北风推开一层层莲花
乌云驱赶着上帝的群马

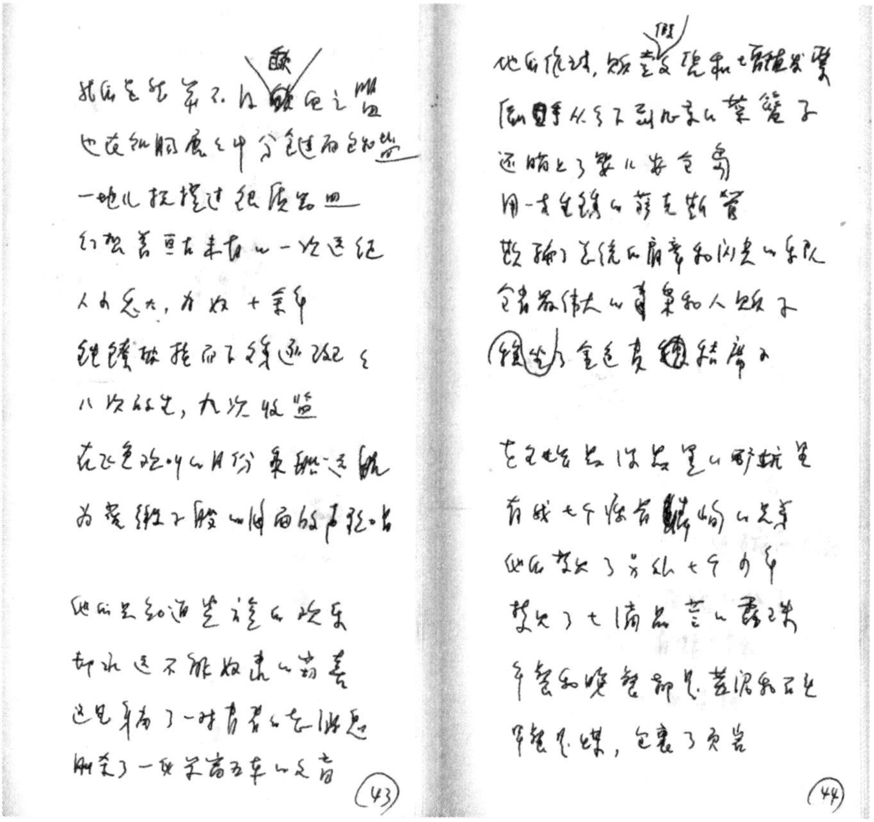

那是记忆中最遥远的夜
是一个弃儿灵魂里的惊厥

四十年后一个老者谆谆教导
下半生要用减法生活
可是十指叠满了瘢痂和老茧
已经翻不动哲人的经典
我用加法相爱，乘法祈祷
让最诚实的导盲犬引领上山
蜡染花布才是最好的姑娘
她采来早春的荠菜
用红豇豆熬出粥饭

11

一条壮怀激烈的老狗
站在大海之侧，岩石之巅
这场刮了几个世纪的咸风
有发辫的清香和焦糊的气味
独臂人被龙王诏做巡海夜叉
遗下女人在渔村里哭泣

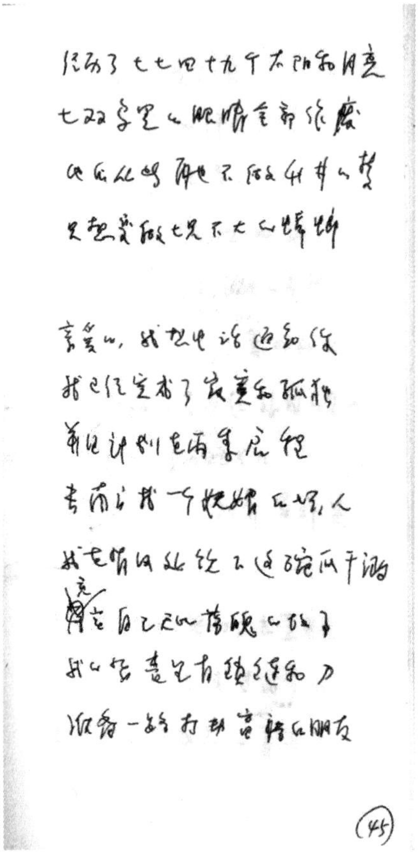
45

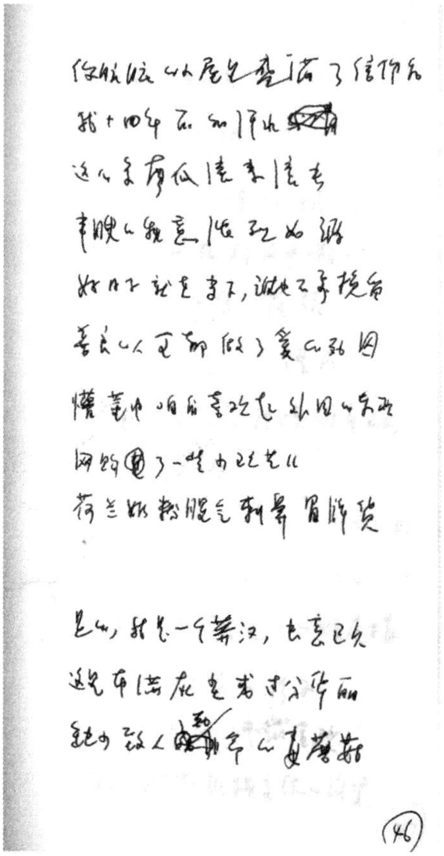
46

那个叫鲲的家伙安息了
剩下的都是渺小的飞虫
隐隐传来隆隆之声
那是火地岛上的冰川在断裂

水和地壳日夜摩擦
传达出宇宙平静的心情
东方与西方相距只有一厘米
唐朝不过是民国的邻居
在月亮这个皎洁的姑娘看来
李白应该爱上更多的人
杜甫太严肃了，有时想不开
多么顽皮的小人儿
读了一夜斐多篇，笑了
想摸摸苏格拉底的脚底

那碗毒酒真叫有劲儿
让精神的帝王从此长眠
那时蜘蛛还没结成巨网
孔子不知道西边的大消息
齐国用刀币演奏韶乐，纸醉金迷
坚桦打造的豪车驶过稷下学宫

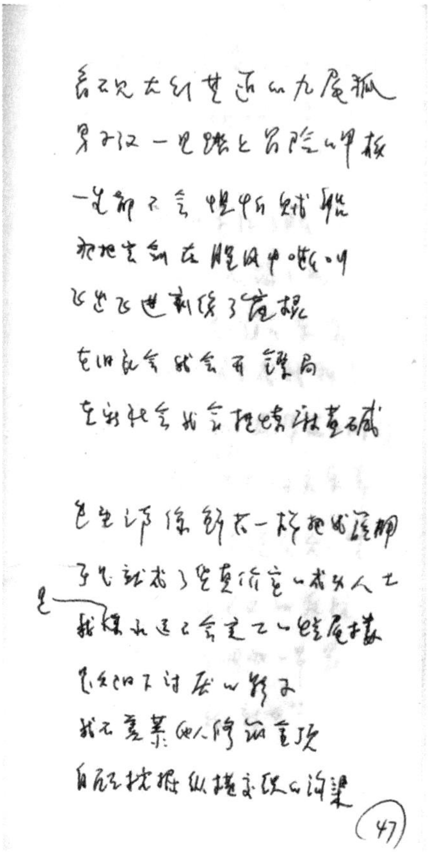
47

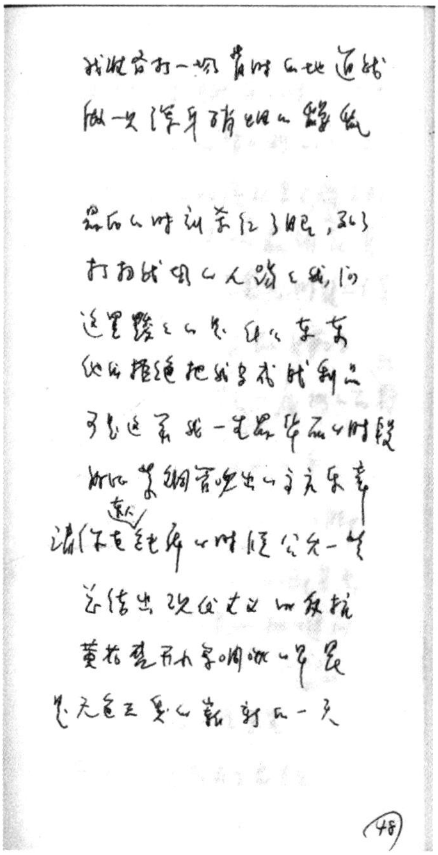
48

车中躺了一只干瘦的螳螂
一百匹骏马殉葬的帝王
与骏马一起化为尘埃

那条繁华的星河奔流不息
像黄河一样喜欢改道
领导思念黄河刀鱼，说
一定要野生的
风吹微尘四散飞扬
谁记得：齐国君王一度姓姜
在妓女和酒肆的青砖巷里
长满了棘藜，狗刺和苍耳

快快升起欲望的火焰
把少年中国烤个焦干
魔鬼笑了，转脸一派庄严
蛇蝎在残垣瓦砾上游走
蜈蚣在丝竹上跳钢管舞
多么黑的黑夜，寒冷的深渊
远游者心惊胆战绕行
像抖掉锁链一样抖掉公元纪年

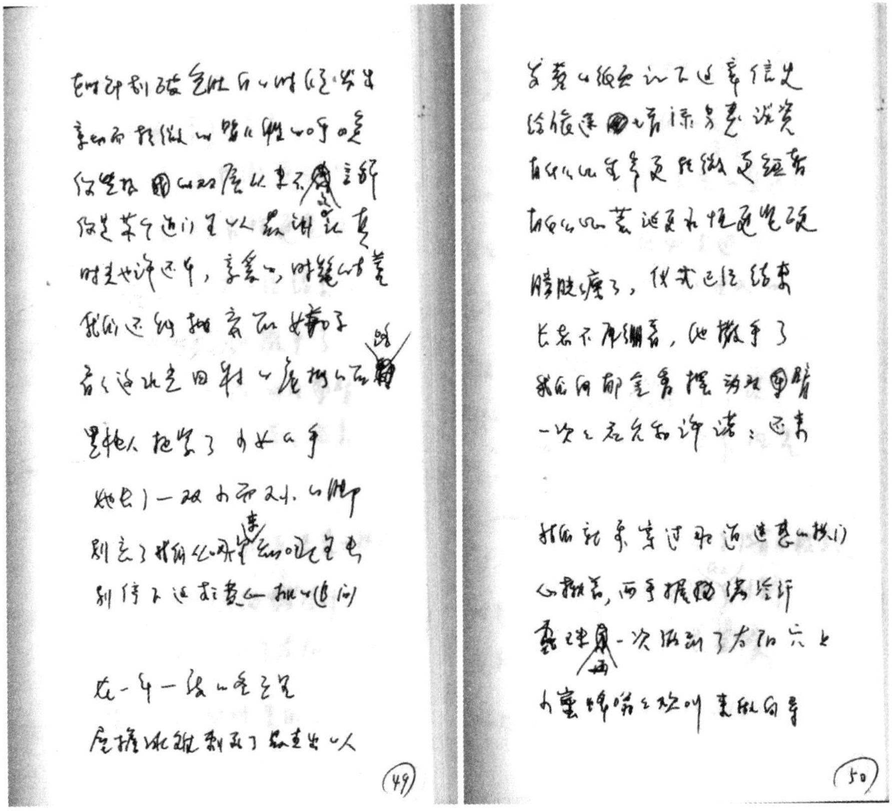

12

又到了槐花酿蜜的日子
你去过万松浦书院吗
松脂浓而不流，夜风入室
渴念听到腐朽的声音
从春天直到冰凌垂落的时节
掘起冻土里的木炭
就像山里人珍爱的一堆红薯
我在此地绝望而欣悦地生长
是一棵棘丛中的青杨

南美洲冰川日夜断裂
鲲起飞的日子还很遥远
雪橇狗大病已逾三月
我愿做一个勤奋的牲口
把千万吨黄沙驮在背上
去填补那道地球的创伤
只要回程遇到那只小蜂鸟
只要它对我发出微笑
长年累月的奔走赢来一只马蹄铁
做了整个家族的徽章

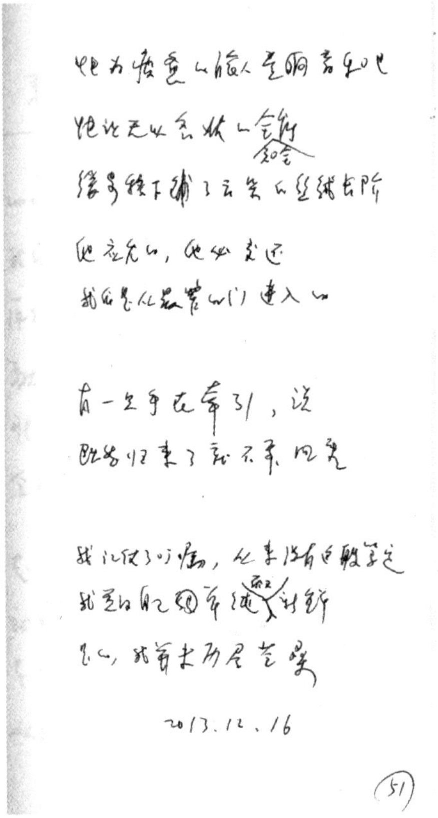

[illegible]

[illegible]

继续[illegible]铺了云朵的丝绒台阶

[illegible]

我们是从[illegible]门进入的

有一只手在牵引，说

[illegible]归来了就不要回头

[illegible]

[illegible]

[illegible]

2013.12.16

(51)

永久镶嵌在门庭上方

从今以后再也不要嘲笑第一个
吃螃蟹者，活着且年届九十
笨拙而灵巧的粗手扒开活的壳
然后流出慈悲的眼泪
一只病猫在一旁摇晃呆望
衣架上是退伍老兵的军装
生活如此快乐而无常
长寿眉长成了蚂蚱的模样
令我心疼的人快去江南吧
去那片绿洲上安歇

13

让我们拾起记忆的长柄扫帚
来一次洒扫庭除
你赠我的火红色金杯还在
就悬在笔架旁
在毛绒绒的拂尘之上
在比绝对更绝对的贝壳上方

我的八十高龄的母校
攫取了一个湖，两座山
还有无数清风徐来的夜晚
骄傲无礼且又倔强的小体积
欠我一声真诚的道歉

我们虽然算不得歃血之盟
也在饥肠辘辘中分食过面包和盐
一块儿抚摸过银质器皿
幻想着亘古未有的一次远征
人小鬼大，为奴十余年
铁镣披挂而下锈迹斑斑
八次放生，九次收监
在飞鱼欢叫的月份乘船远航
为蓝缎子的海面放声歌唱

他们只知道贵族的欢乐
却永远不解奴隶的窃喜
这里躺了一对青春的老酒鬼
刚杀了一伙学富五车的文盲
他们作诗，贩卖假文凭和增值发票
倒手从乡下到北京的菜篮子

还瞄上了婴儿安全岛
用一支生锈的萨克斯管
欺骗了总统的肩章和闪光的乐队
全省最伟大的毒枭和人贩子
坐稳了金色麦秸席子

在全世界最深最黑的矿坑里
有我七个瘦骨嶙峋的兄弟
他们梦见了另外七个少年
梦见了七滴晶莹露珠
午餐晚餐都是黄泥和石头
早餐是煤，包裹了页岩
经历了七七四十九个太阳和月亮
七双乌黑的眼睛全部作废
他们从此再也不做升井的梦
只想变做七只不大的蟑螂

14

亲爱的，我想电话通知你
我已经完成了寂寞和孤独

计划在雨季启程
去南方找一个妩媚的坏人
我在背风处饮下这碗瓜干酒
充实自己无比落魄的故事
背囊里有锁链和刀
准备一路打劫富裕的朋友

你肮脏的小屋里盛满了信仰和
我十多年前的汗水
这么多南瓜滚来滚去
秋意丰腴，浓烈如酒
好日子就在当下，谁也不要挽留
善良的人全都做了爱的死囚
懵懂中喜欢起外国的东西
网购了一些小玩意儿
荷兰奶粉腥气刺鼻是冒牌货

是的，我是一个莽汉，去意已久
这里布满灰尘且过分华丽
缺少致命的毒蘑菇
看不见大行其道的九尾狐
男子汉一旦踏上冒险的甲板

一生都不会惧怕贼船
那把宝剑在腥风中嘶叫
飞出飞进割伤了窗棂
在旧社会我会开镖局
在新社会我会提炼麻黄碱

15

诅咒之声像鲜花一样把我簇拥
于是成了货真价实的成功人士
我是永远不会完工的烂尾楼
是夕阳下讨厌的影子
我不羡慕他人修筑金顶
自顾挖掘纵横交织的沟渠
我准备打一场背时的地道战
做一只浑身硝烟的鼹鼠

最后的时刻杀红了眼，死了
打扫战场的人踢踢我，问
这黑黢黢的是什么物件
他们拒绝把我当成战利品

可这算我一生最华丽的时段
好比紫铜管吹出的高亢乐章
请你在本人缺席的时候公允一些
总结出现代主义的反抗
黄花盛开小鸟啁啾的早晨
该是新的一天

在时针划破鱼肚白的时候出发
身后传来嘤嘤呼唤
你赞扬的双唇从来不吝言辞
道门里的人最讲认真
时光也许还早，亲爱的，时髦的古董
我们还能抛弃前嫌吗
看这水光四射的虚拟的前路
黑袍人扯紧少女的手
她长了一双小而又小的脚
别忘了我们从哪里来到哪里去
别停下这枉费心机的追问

在这个冬天
屋檐冰锥刺死了最杰出的人
发黄的纸页记下这则噩耗

给旅途增添谈资
有什么比生命更轻微更短暂
有什么比荒诞更永恒更坚硬
膀胱瘪了，仪式结束
长老不再绷着，他撒手了
我们向郁金香摆动双臂
一次次许诺：还会再来

16

我们就要穿过那道迷惑的拱门
心揪着，两手握紧冷汗
露珠再一次洒到太阳穴上
小蜜蜂嗡嗡欢叫来做向导
快为疲惫的旅人奏响音乐吧
快让无以名状的全知全能
缓步移下铺满云朵的丝绒长阶
他应允的，他必交还
我们是从窄门而入的

一束光

照亮了一粒微尘

二〇一三年

皈依之路

第一章　苍耳地

一

从何而来
一片沉默的苍耳
奉献尖刺球果的无花植物
厉风撕碎受孕的叶子
你站在苍耳中央
两脚赤裸茫然四顾
　　迷离的双眼
　　微鼓的前额
　　白皙的肌肤
我站在远山遥望
无意中长成一棵树
　　根脉给我自尊

　　却阻止我走去

　　让我一生遥望……

听到踏踏马蹄

从天际飞来

飘飘奔跃

沉默的苍耳地

养育了疾飞的马蹄和

　　单薄的少女

谁见过苍耳开花呢

周身果实缀满箭镞

苍耳地

贫穷富饶之地

绝望希冀之地

红马飞去

带走了所有的浪漫

那个永恒岁月的父亲

那段神奇传说的父亲

一个悲伤男子

伫立在屈辱的幕布旁

悄悄掀开它
注视和嫉羡的眼睛
　　到处隐下可怕的故事
　　到处埋葬可爱的玫瑰
　　睫毛像夜合欢叶
　　再不能张开

二

捧起你的叶子
光滑如丝
扑扑若有脉动
披遮头部
鼻孔注满野生生的香气
生成温馨之夜
属于我的如此短暂
一切刚刚开始
无望而激动
冷如冰块热如赤炭
只不知这质疑
　对谁倾诉

找不到倾诉之地

怀一个冰凉的心情

　　天际一抹光

　　一片苍然

直走进那片未知的尘埃

该告诉决意那一刻的思念

告诉……

三

视网上那匹飞扬的红马

是运动跳跃和

　献给未来的鲜花

生命之花

长大了

懂得焦渴与独守

开始一个幻想

问融进和融入那一天

　那一刻

舍下什么

携走什么

神灵用万能之手播下苍耳
洁白的沙原浓旺浓旺
没人见过苍耳开花
却见到了尖刺球果
一片受孕的叶子

当苍耳长满古老的原野
我们却无缘谋面
它们散发着上一个世纪的青气
在大地上游荡
贫穷是它们的徽章
狷狂是它们的衣冠
身疲志靡
百无一用
直登上高山之巅
看壳斗树茂长的谷地
这一天苍耳云集

四

柔发罩住面庞

我微微喘息
手按脊椎
像数骨节
一下一下
询问聚与散
　合与分、生与死、来与去
一世一代的繁华
为何春天的苍耳飞出马蹄
果实缀满箭镞

忍受一遍遍思念
追逐你的目光
目光却追逐马蹄
两耳也在倾听
飞了，去了
狂急焦躁的节奏啊
一生没能合上节拍

独自沉入黑夜
双臂如同长索
马蹄声离去何等遥远

你长久伫立床前
有什么触碰下颌
臂弯拢住脸庞
浓重的气息像大雨之中
　蘑菇的清香
铺天盖地而来
杏红色的一片甜薯
在阳光下散出淡淡亮色
轻轻地咬
用力地咬一下

雨浇在苍耳地上
松开嘴向上移动
抚过闭合的眼睛和额头
陷入黑色丛林
纠缠茂密深不见底
你在其中徘徊、搜寻、探觅

总是飞快离去
脚步像猫一样轻盈

五

无微不至的爱抚
让我识别可怕的真实
你是被掠夺来的
　　掠夺是暴力魔力魅力
　　掠夺就是掠夺
我一门心思认定
从此埋下反叛的心肠

那片无望而热切的苍耳
一群翱翔的秋鹭
我紧紧盯住
长长嘶叫压在喉下
我紧紧盯住……

第二章　去北方

一

我看到了你记住了你
如同一颗沙粒一滴水
缀在你的胸前

谁也不知
怦怦跳动之心为什么
化为血肉良知
等待和追忆
念想和企盼……

我是一棵树
根脉扎了一千年
难以移动
他们弯下我的腰
又披挂一吨的巨石

我仍未折断

只等待

等待你的丛林将我淹没

一声问候多么短促

化成按时升降的潮汐

永恒的水流湿透时光之沙

此岸与彼岸各自成长着一排青杨

我的青杨

用以遮掩窗户的绿枝

日夜拍打我的窗纸

雨水洗涤它浇灌它

小心地挨近

你离去

谁听我红马的故事

忍受千遍误解和诅咒

敛起痛楚

小声念出一个名字

渺小的沙粒，多少秘密

神灵的背囊打开了

原来只装满抔抔沙粒

它碰撞起来火花四溅

等同于雷电的火
　野火、熔岩之火

二

我因渴望和期待而痴迷
穿越无边的嘲讽
他们是马蹄下的灰尘
不是沙粒
沙粒被激流冲涮而成
洁净无比
秋洪千里迢迢送给大海的厚礼
一片浩瀚
将宇宙声息如数收入
巨变潜在深渊
　默然不语
我是沙粒
水溅中沉醉和安眠
直到太阳升起
　潮汐落下……

迎接那一天吧

遥远却并非渺茫

电火点燃平原茕草

爆出噼啪之声

蹿起万道火舌

生灵跳跃

引动火龙

在大地上翻滚嘶叫

丛林熊熊燃烧

无边火炬送给星星

整个天空腾腾燎动

呼号震动四野

我把自己点燃

我最后告诉你的

是我燃成炽亮的那个

　平原上的光点

你的手牵上我

我梦见红马疾驰烈焰腾起

失声大叫

热血推动我一跃而起

追逐那匹红马

它是火的飞动
燃烧之神
家族的眼睛

被你的手紧紧牵住
我吻它咬它
拧它拍它
最后把它
　深按胸间

人的一生都要这么一只手
它是使人不会坠落的
　一道牵拉

三

如此短促一瞥怎么盛得下
我因颓丧而疯狂
扯碎如画的绢帛
撕裂之声让无数羔羊流下泪滴……
灵慧的眼睛

小嘴粉红娇嫩
玉石一样的牙齿
十足的羔羊
金色的睫毛
灰蓝色的双眼
一片茸毛传递生的温热
我怀抱它
多少孩子多少羔羊
平原上走散了多少
新生了多少
我怀抱它
多少野狼候在暗处
舔着腥唇
我搂紧了它

再近一些，你
　分开我的头发
下巴压上我的头顶
四野啼叫声声呼唤
人这一生只一次遭逢
真正难忘
它把人压得脚步踉跄

感受你的全部重量

等待太阳染红窗棂

四野啼叫逼近

我该启程

那个方向传来的声光就是召唤

那是我的兄弟姊妹

　苍耳地的孩子围拢一起

　最后一次歌唱

热血的永久激扬

让我们获得永生

火光与呐喊阵阵催逼

我注视那个方向

人遭遇的机会不会太多

你牵着我的手

牺牲的消息顺着北风飘来

我还在忍受

　忍受

四

我们紧紧依偎
担心最后失去
失去的强光炫迷双目
时候到了
我分明知道
　那片喧哗不属于我
一片陌生的声音
仍旧渴念
　冲涮和流淌的淋漓
尘封的裂土痛快饱吮
撕掉皮肉
可惜不是自己的
假若舍弃了它
却一生难逢
那个炽热焐得太久
今天把它投出
喧哗如海浪拍击而来
好大的北风
浪涌之声传到南方大陆
一片沼泽蓼在暮日红光中剧烈摇动

我是你照料下的一棵树
当你不在身边时
我自己移到了霜地
一枝油黑的叶片纷纷落地
你听啊
我到更严酷的北方去了

第三章　红河

一

离你这么遥远
就像远视晨星
心中编一个花团锦簇的摇篮
在美妙悠荡中长大
你准备娇惯一生
从未想过有一天会
　先自离去

你教会我爱
谁又来教会我恨

无数高山无边荒漠
皆被红汁染过
绿色苍耳和金色地衣
　默默吸吮
遮掩和安慰
　所有生灵

身上流动的到底是什么
日夜吸吮
从地脉深处探出根系
千百年的故事粘稠坚韧
沉淀在深处
一棵千年古树才抓得住
枝叶繁茂

绿色结出各种果实
甘苦包裹万年悲伤
坚果浆果
砸开硬硬的果壳
寻找层层隐秘
一切原来难以消失
化为异形异物
挂上枝头

听地壳之下汩汩之声
流动不息的是什么
不再战抖胆寒
北风让人肌老皮厚
在一层层如同浪花般绽放的

　呐喊乞求呼救狂嘶怒号之中
大地一片沉默

二

妈妈给了一双眼睛
一下又一下
黑色苞朵轻轻开合
抬起头
看鸡冠花、墨菊、芍药、美人蕉
辉映一片碧绿
没人知道它们诞生的由来
汁水怎样生成
为何一再闪烁
浓浓的红、鲜鲜的红、暗紫的红

红色
请留意朝阳和落日的红
以及云彩、天空和海洋
　　火红的波涌
需要多少染料啊

还有红色的马、红砖、红旗、红围巾、火焰
上帝要消耗多少染料啊

我以前没有那些
　关于红色惊心动魄的想象
折一枝花
　　红亮艳丽
　　不敢正视
　　长时间踌躇
　　怔在那儿
从未想到它会疼得挣扎
钻心痛楚摇动不停
挥起复仇的尖刺
血一滴滴流下
原来血的颜色与花的颜色
　一样鲜艳
冬天花圃枯萎
春天再次染红
彤红彤红
绿叶是红色变异
　　红色沉淀冷凝之后即要发暗
土地多么奇伟谲秘

竟然不停生发和闪现
　一片灿烂

三

在浪涌一样呼啸的
　呐喊乞求呼救狂嘶怒号之后
大地一片沉默
夜色淹来
片片花瓣浓厚得可怕
化为汁液流动
流成了河
汩汩有声
流了整整一夜

红河浪花飞溅
灼伤青草
接着是无声漫延
是冷却和渗透
大地宽容自如接受芬芳回赠
大地知道自己怎样抚育和生成

在漆黑的夜晚如数收回

不知到了哪一个春天
再生出一片新绿
茅草、稼禾、丛林、花卉
碧绿是冷却的颜色
鲜红则是它的原色

当我一人走进大漠丛林
凝视无边绿色和星闪鲜花
没法不再恐惧
我知道了一个奥秘
看过了一场奔流

抚摸身边一棵树
深知它由什么生成
它是骨肉兄妹
我的亲人
所有亲人都默然无语
注视我

你匆匆离去

汇入其中
贪婪无边的泥土啊
嘴边还留着你的乳汁
腮上还有你吻的湿痕
你不得不放下
拍拍衣襟走开
临行门边一瞬
深深瞥来

四

回想你目光的含意
终生无法洞穿
你让我看守和爱护
一刻不离
它是什么
我为它喊哑喉咙磨伤双脚
是幼儿少女吗
是刚刚绽开的花匆匆长成的果吗
是穷人的财宝富人的叛娃吗
是这绿意盎然的丛林娇艳的花朵吗

是奔驰的生灵吗

我依照心示去做了
永生无悔

我记住那冲天的红红火焰和
　静静中淌去的红色河流
我将告诉朋友、妻女、远方的人
只有他们才会听见这声音
隐秘撑破喉管
我必须剖露
我将说黑夜之中还有黑夜
那是呼喊之夜流淌之夜
是屈服和永生之夜
是践踏之夜
是禽兽痛饮之夜
所有小动物都收敛好奇
退到千里之外
四蹄着地
一声不响地观望
　　遥远处那场亘古罕见的大火
　　就由他们点燃

五

从此我懂得
真实的教导比起那些
　使人热血沸腾的彻夜长谈
不知要高明多少
永远不会改变了
你看着吧
注视中我才真实
　　我爱你
　　永远爱你

第四章　人的一天

一

一天开始于寒冷的早晨
默立霜地
你给我仅有的一件棉衣害怕得难以拒绝
没敢看一下你的眼睛那永不颓败的勇气
只深藏在
　奇特的两难之中
徘徊咀嚼
渴望追求
又只能远远凝望
我不相信
谁能让我相信呢

我是一只与众不同的
　真实而善良的野狼
误解和剿杀伴它一生
命运有了一个规定
无法挣脱

正像无法脱掉上帝给它那件
　连血带肉的衣装
从此开始逃窜和流浪
独自来往没有同伴
　　它无法走进狼群
　　它与它们是同形异类
　　它们也是它的敌人

两眼盛满凄凉
强壮而不幸的身躯贮满力量
渴念水、食物、友谊、爱情
只有流窜逃奔的岁月
荒凉险峻的山地
人迹罕见之处
提防猎人与“同类”
荒野把牙齿磨得尖利
皮毛在逃脱中伤痕累叠
瘢痂永难除掉
这是印记

二

它回到这个世界
闪烁怎样的眼神
它变成他
恐怖的记忆却无法消除
簇新的蓝棉衣多么柔软
一件圣物
你的体温与气息
将人团团簇拥

可是你能让我相信吗

愤懑和犹豫割伤肉体
赖以生存的血汁日夜渗流
我只相信母亲和
　最后分手的嘱托
一生都设法搬掉那个沉重
一生难以成功

我在梦中吻过你的头发
与之悄悄私语

恐惧初升的太阳
像害怕突如其来的一声喝斥
融入夜色
化成一片透明的水汽
那时才可以尽情飞翔
与云霞汇拢
与绿色结伴
与你的脸颊亲近

你意味着什么
是什么
一种深刻而真实的理解
只存一人心域
你离我很近
又无限遥远
我藏起的这个果实古典而永恒
永恒地甘美

世上再没有比日复一日的煎熬和
　漫长庸碌的重叠更可怕
可是我正奇迹般地承受
观察四季

第一朵铃兰出现时激动不已
自己的春天哪
一一排列
灿烂夺目
你的故事在铃兰花旁
穿一双淳朴动人的老式棉靴
　悄无声息来到身边

黑发浓烈不甘屈服
你拨动
拨下一点草屑和
　淡淡烟味儿
草屑从山地带来
烟气是焦虑的灰烬
柔和纯洁的少女之声
让人想起一只猫的响动
坚硬粗糙的黑丝中藏匿谜语
蓄下土地和山峦的声息

三

我来告诉你
山地的浪漫故事
溪水的生鲜
一棵野椿树散发的浓辣
彤红的叶梗浮想联翩
一天星斗越逼越近
深夜即将来临
小甲虫的走动细如游丝
麻雀翕动嘴巴刚刚结束呓语
草兔在噩梦中惊慌一抖
花面狸醒来后磕打牙齿的第一声
山雾从岈口流过的咝咝之声
傍晚时分徐徐降落的一堆黑云
　轻放在大山顶
正发出巨兽般的喘息

又是冬天
大雪中焐了颗秋果冰凉红润
一串悬勾子亮如樱桃
又恰似玻璃糖果

冬夜里拨一堆火
爆出炭花啪啪响
美丽得让人思念往昔
想妈妈和她的小茅屋
炕上蜷着的猫
猫脸上长长的胡须
　　那个人不在了
　　唯有那个人不在了

小茅屋连接无边的荒原
荒原一端是浩淼大海
呼啸的沙丘林涛
碰撞的波涌冰矾
猫科动物踞上冬夜的枝丫
借风势一跃而起
掠过半空
这是怎样的夜晚
　　那个人不在了
　　唯有那个人不在了

午夜躲进背风的崖下
墨色溶化丝丝喘息

伸手触碰滑润的皮毛

　　一只失去家园的狗

　　还是山中小狐呢

猜度中平静

小心等待

翻身时发出呓语

湿漉漉的三瓣小嘴碰上脸颊

鼻子和嘴巴蹭得痒痒

两不相扰

醒来时天地一片光明

它无影无踪

四

我已化进莽野

成为山隙中努力吸吮的

一株枫杨

一棵节节草

希望与悲伤渗入泥土

傍晚的微风再把我的消息

　告诉崖畔那棵苍老的麻栎

哦，那匹红马的传说啊
安抚人的孤寂
饮一口世纪的活泉吧
一个孤儿
微笑着走进你的视野

胆怯伴难以启齿的故事休眠
愿这样遥望
严整的心绪守在深处
让它冶炼生长
我们分离在
　同一个温暖的长夜
在同一声鹗鸟的凄长呼号中
　坐起来观望星空
不约而同的岁月使我们衰老
除了一颗心
其余皆白
像雪粉
像秋后收尽果实的大地

你说守护才有意义
那就守吧

一时一刻不曾松懈
不让它改变
白天非常具体
夜晚何其抽象
夜晚必须牵引白天
白天敢于正面迎上
每个白天来临时
我都会悄声告诉自己
　　瞧啊，又来了
　　这是人的一天

第五章　小 羊

一

西边篱笆墙下
一只洁白的小羊
我在它身旁坐下
迎视灰蓝色的双目
一片温存
嘤嘤呜叫柔软如绸
一瞬间让人充满感激

去原野采来大把浆果
它把头颅顶到我的胸前
静待一刻钟
我和小羊
　一动不动
闭着眼睛

二

深夜他乡
一人独处之时
想到它光洁的额头
顶在胸前沉默那一刻
就两眼湿润
我不知这激动
连接了多么遥远的源头

那个秋天同去海边丛林
你不停地转动脖颈
一个影子落在脸上
那是一只苍鹰
各种各样的花
虎尾兰、吉祥草、玉簪、绶草
心醉神迷不能举步

猎人走过身边
血腥刺鼻
你贴紧身上
等他走远

走得无影无踪

夜空闪烁着我们的高兴
去海棠树下找姥姥
有趣的故事使人欢笑
悲凄的故事让人垂头
月光流泪
姥姥把你揽到身边
用衣襟擦一下脸

有星月和故事
有最多的伙伴
猫儿跑到姥姥腋下
大辫子尾巴弄痒她的脸
大黄狗来了
长长的鼻梁一一触碰

冷凝深秋
那个夜晚我被告知
即将降临一个逃窜的黎明
一切如此突然
我们相拥

抚摸告别的时光
全身战抖
就像在丛林中遇到猎人

三

消失了
一只小羊
全部的童年

想着你灰蓝色的双眼
倾听四处围拢的夜声
隐约听到你在泣哭
山夜该永远记住
北方一只柔白的小羊
无援无助站在那儿

多少磨难和困苦
多少牵挂
无数个欢乐的白天和黑夜
无数个愁苦的白天和黑夜

常常是北风呼鸣那一刻
被什么戳一下
蓦然抬头
一动不动遥望北方

这一生经历多少粗粝和纤细
只不忘你的眼睛
北方
一个遗落的窝棚
灰蓝色的眼睛注视着
四野里大雪纷飞
一辈子的牵挂在那个瞬间
　凝聚
不要泣哭
不要嘤嘤呼唤
我的小羊
我的北方纷纷大雪中的
　　小羊

第六章　心之纤弦

一

小心绷紧这根弦
细如纤发
日夜鸣响
枯叶和风扫过震颤
铮铮之后是沉沉余音
稍稍松弛一点也就
　无声无息了
沉入默默世界
我在阳光无力抚慰之处
嗅着腐菇和坏疽的气味
那弦松弛了吗
不，我是被指派来的
像服苦役
不，比苦役苦上万倍

我是看守这根弦的人

不能忘记那个春天
正像不能忘记甘甜的乳汁
我是少数记住饲喂的一个人
一闭眼就是弥漫大地的芬芳
黑夜用无边墨色恐吓我
我就依偎凹地
鼻孔里全是雏菊和蔷薇的香气
春天里的第一束花像金子
引我走向高地

就为了一个人
为那些祭奠和换取
我有止不住的泪滴
看一汪汪迷人春水
全由弱者
　苍耳地的眼泪汇成
一万条小溪日夜流淌
从人们不曾留意的角落
　潺潺而下

你告诉我
只要守住那根弦

你就会再生
命系弦上
当它能够发出铮铮脆响时
你就会踏着它的节奏归来
我记住了
我有不倦的双眼和不屈的手指
不让你长久沉睡

二

通过梦境
我结识一个又一个母亲
她们有的像她一样衰老
有的才十几岁二十几多
是未来的母亲
完美的躯体闪烁着春天的光泽

千里荒原柳枝垂挂
修长柔韧
白沙上蓄着绿色和
　太阳的温情

小甲虫驮一身春阳蠕蠕而来
喷嚏声小得无人知晓
一只穿霓裳的小飞虫落下
骄傲而顽皮
远远近近有米粒似的绿色
神秘的欢欣悄悄聚拢
柳丝在风中悠动
是荒原上频频弹拨的弦

一片铮铮之声
大地苏醒河冰破碎
水流从桎梏挣脱
淡淡热气在水面腾动
  似一层细纱
这儿正进行第一场沐浴
洗去一切灰污和不快的记忆
整个冬天都在退却
无数濒临死亡的生命又被抚醒
    当伸手采撷百合时
    千万不能忘记那个刺骨的枯冬
    怎样冰封一切

我如梦似幻的荒原啊
被一种深色液体浸过
它们浓烈似酒
却比酒辣上千倍
这种液体并不神秘
它从母亲身上流出
最后融入荒原
小心翼翼踏上白沙
就像踩在母亲柔软的腹部
触到她富有弹性的肋骨
由于我在沉睡中松弛了
　那根弦
从此失却响彻大地之声
最黑的夜笼罩天际
母亲的沃土被切割
脉管和筋肉生生分离
我听到她在大睁双目叹息
黑白分明的眸子寻到我
　深情盯视

你记得住吗
你害怕吗

不，比一切看得见的
　都可怕十倍
那是无边无际无头无尾
一丝一丝日复一日的
　磨损
是诱惑寂寞饥渴焦躁和蹂躏
　加在一起的苦难
我只能长呼一声
我的母亲

大地在呼唤中颤抖
我缓缓转身
回到那个角落
一生枯守
从此再不遗忘
这誓言只属于自己
自己享用自己注视
注视这誓言就像注视悄生的白发
将声音刻在坚硬的石头上
埋入荒原
让所有母亲存个见证

三

你是我生命的依据
我如此地爱惜生命
它将由于不能再生而枯干变质
成为灰尘的一次集结
失去依据的肉体只能如此

我看到无数类似的东西
在天色微明时不安地蠕动
然后走出斗室
没有嗅觉
分不清腐菇和玫瑰的区别

不屈的心脏每搏动一下
都感到了钻心的疼痛
我的昨天和未来呢
留下的时间只有一瞬
这一瞬又被细细分割
一闪而过
微小的缝隙望不到明天
可我仍要睁大不灭的目光

睫毛上渗出血滴
我仍旧张望
我的明天和你的明天相接
就会延得长长
愿这长路遍生铃兰和萱草
　　彩蝶和蜜蜂在其间飞舞
　　她怀抱一个婴儿出现

你从不叙说冬的寒冷
不说那次可怕的劫难
我终于明白你的深意
将永远仇视那个季节
就像仇视死亡
我记得住那长长的尖厉
顽强而又倔犟
你的微笑掩去了可怕的往昔
　那个寒冷的冬夜

我将不停地诉说
告诉他们一些真实
在他们惊愕的顾盼中
我也决不停止

那是你最后一刻所目睹
没有半点虚妄
　　相信我吗
　　愿意与我一起守住吗
　　能够目不转睛地守住吗
人总是首先依靠自己
把心弦拧紧

四

只有那根弦连接你
在这个有白昼也有黑夜的世界
再没有任何东西
　可以把沉入夜色的人唤醒
凝神静气
屏住呼吸
一天、一年、一生
绝不忘记，绝不
绝不存一丝虚念，绝不

孤单永恒的长守啊

每时每刻都可能绷断的

　心之纤弦啊

谁来痛惜谁来援助

你用眸子和心肌的力量

一时不懈地拧紧

它绷得太久了

它在任何一个时刻里

　都可能断掉

发出最后一响

彤红的血啊

一滴滴渗出

像鸡冠花一样的颜色

第七章　黑苞朵

一

温润的夜色即将消失
再一次回忆

谁像我一样软弱一样顽强
找遍荒原仍独身一人
我的狂傲让人嗤笑
我的忠诚却有目共睹
除却一些咒语
就是善意的叹息
身上罪过如同山峦般堆积
却不是今世负载
也不是原罪

怎么挣脱呢

只求助于你的眼睛
　那两只黑色苞朵

在它的环绕中企盼
倾听午夜的哭泣和啜饮之声
那只北方的羔羊啊

我以此抵挡遗忘
可怕的遗忘
是罂粟花结出的果实
在心田落籽
脸颊偶尔贴上绚丽花瓣
嗅它淡淡的特异的清香

你完美无瑕
经得住一万次挑剔的形与神
灵与肉
是对这个世界的一次高声礼赞
我双手护佑你
　　我的至宝
　　我的灵魂
　　我的啜饮之声

二

你什么都明白
你在我眼里常常混为
　北方的羔羊
你的机敏和睿智使人
　不得不依赖和崇尚
一起回忆吧
回忆我们的往昔
回忆岁月之谜
应该回答的
　我们从来没有回避
只是逼近的质问太多

我有时离你非常遥远
享受独处的宁静
之所以能忍受和咀嚼
是因为贮备太多
你为我注满了
用你的手和你的目光
　哦，这黑色苞朵
无羞无愧

坦然迎接
这遥远之地啊
一个个场景
都让人勘探寻找
　　我听到了目击者的复述
　　我就是后来的目击者

怎么讲述
　看到和感到的一切
站在光秃秃的泥地上
向你伸去柔韧的目光
感到了它的触动吗
回答我
用自己的声音
你让我走近还是归去
等待一个肯定的信号
将把泥土寸寸抚摸
就像抚摸你的身躯
有个字眼被人重复了一万年
没有褪色
因为无法替代
一寸一寸地抚摸

指印排满无边的荒原
我能触到它的每一次脉动和
　抽搐伤痛引起的战抖
伤创遍布
瘢痂叠生
稍一不慎就引起流血

三

你的眼睛啊
黑色的苞朵啊
让我无奈地仰望
静夜
啜饮之声消失
冷凝的固体在炽热中熔化
汇入奔腾不息的河流

第八章　深谷

一

你走过来
最后的阅读和温习
为了看得清晰

读到了什么

在这之前
无所不能无所不至的
　思绪的触角在舞动
回忆吧
闭上眼睛停止阅读
回想那属于我们的金色的
　　粉色的和罂粟花般的时刻

那时没有想到分离
温吞吞湿郁郁的夜色啊
不需要皎洁的月亮

无视那满天繁星
光明和梦想装在心中
它和青春一样旺盛阔大
没有边际
那样的时刻怎么会想到分离

我久久默读
感受这通向永恒的一瞬
不要拒绝不要犹豫
留住我的默读
大山深处的浪子
乌发茁壮根根直立
如金属之弦
你抚弄它们
听铮铮之声
只有你的弹拨
　手法如此细腻娴熟
你从未遇到如此陌生如此熟悉的
　一个生命
如同自己的眼睫一样遥远
无法抚平的创伤
难以灌溉的焦渴

铭心刻骨的思恋
　匆匆而来
然后像泥土一样
　沉沉落下

二

是神秘的命运
　让我欣然前往，
从此开始了可怕的期待
企盼畅想和
　无穷无尽的愿望
毁坏了我
揉碎一切
一线频频顾盼的生命之丝
牵到手上
多么仁慈多么残忍
没有任何一种力量比得上
　诱惑的力量
我携上预先告知的结果
　走上绝境

我的鲜花
我的露珠
我的羔羊
我的鸡雏
就在你的注视下
我一步一步走向深渊

这漫长而短暂的旅程
让你看着
长长的内眼角令人迷醉
没有渗出一滴晶莹
苦涩渗流入心
缓缓的动作、会心的微笑
都让我永远渴念、想望、感激
趁着走向尽头这一段短途
放声大唱
我的歌声啊
　　给过母亲
　　给过你
　　给过绚丽迷人的梦幻
　　给过感激本身
这真是一首感谢之歌

先是低低的
就像一个歌手在音乐奏起之前
　小心调试
然后放开歌喉

我的歌声压住一切哀鸣
　对恶炫示
　对丑诅咒
　对母亲大声礼赞
人总要走向那一旅程
人总要在旅途中放开歌喉
满脚满腿的棘刺血口
生命的汁水一滴滴渗出

从此我什么都可以忍受
因为我们不再分离

三

记忆的柔指再一次触碰
思绪迷茫中发出最后一声请求

嗅过玉兰和蜀葵特异难忘的香气
长恨绵绵
你轻抚我的躯体
手指分辨昨日故事
那一次跌落
一直坠下谷底
深夜从谷底爬出
狼尾草扫着脸
一条游蛇在身旁滞留
又滑向远方

那个昏睡草地的悲惨夜晚
秋虫大唱
无忧的生灵疯迷癫狂
引出不合时宜的想象
奇特和尚未来临的友谊
尽扫悲伤
我甚至看到了你的眼睛
黑紫色玫瑰苞朵
　　粉色茸茸
　　颤抖不已

现在重新跌落谷底
　　满身割伤
　　鲜血淋漓
没有了挣扎的兴趣和能力
为何跌进这条折磨之谷呢

请求之声淡远飘渺
一片羽毛
这是生命告别之前的
一丝一绺
它中断了也就停止了
你在遥远的高原
裙裾在风中抖动
让人想起午夜海浪不倦的拍打
我的高原
未来和归宿
拼尽最后一点力量
挣脱这道深谷
尖尖石棱割裂筋脉
冷冷闪电蛇鞭抽身
　　阴间的哭泣
　　魔鬼的咒语

　　密织的蛛网
我站起来

四

头颅枕到你的腿上
抚着巧妙精致的膝盖
　进入梦乡
这种演练没有一次失败
世间最美的午夜之声
像一道潺潺清泉
穿过一片玉簪花的溪水
踏着月光走来

它环绕出无数美好的夏夜
河边洗浴、白沙和艾草
大鱼嗵嗵跳水
　滑亮丰腴的身躯像心爱的女人
艾草浪漫的白烟飘着散着
小蚊虫们近了远了
老爷爷的故事送河水长流不息

人生的庄稼吸水拔节发出声响
妈妈——妈妈
心头突生热烫牵挂
一头扑进怀中
拍打抚摸
下巴搁上圆圆的头顶

你可记得那个时刻
听哗哗夏夜之水
亲爱的不要哭了
这泪水如同我的血汁
我知道它从哪儿流出
　　一切都是我的
　　你会永存

就为了你
我将改变自己、粉碎自己、融化自己
我被爱所逼迫
　　泰山一样沉重的压迫
　　没有一种暴力可与之相比

五

我不知疲倦地
　一丝一丝地爱你
我看着木槿花长久的疲惫的生育
深深地感动
木槿花是世上最好的母亲

我从第一步迈出
迈向最后一步
凌云蹈空
别样的飞翔
至此我还在
　咀嚼生的甘甜
温馨地沉默

我爱你
而不是别人
就这么具体

你的温厚与清洁
　宛若一株玉兰

你的辛劳与母爱

  恰似一株木槿

第九章　我走了，雪

一

随你往前
听脚下嬉戏之声
一点不冷
这温暖让人添双倍感激
不能触碰沟畔上
　那一排细密的青杨
一碰就有雪朵纷纷落下

感激和羞愧在此地积聚
达到一个极致
你南方的眼睛润湿了
多么善良的抚摸
它照抚街巷田野
各种各样的动物
最后还有我
从此变得自卑
它是羞愧用尽之后袭来的一丝

淡淡长长的缠裹
你不需要我付出
像土地一样宽容
可是当赤脚踏上你的躯体
亡命般奔波
谁能想到你的痛楚
饥饿中的开掘
割裂撕碎
为寻一点食物
咀嚼吸吮
因贪婪而大汗淋漓
然后又是狂奔
在你无边无际的身躯上
无望而热切地寻索

雪在融化
发出小鸟般的喘息
你的睫毛上有橘色水珠
雪下着
雪在分解和蒸腾
捧起你的乌发
水仙花下的石子闪闪发亮

隐隐作痛的右膝
你搀扶我
在泥泞中走向遥远

哦，南方的湿润
某一瞬间
我心情的牧场一片荒凉
这是秋天的萧索之后
严霜洗过的狼藉
荒凉中
你扯紧我的手

一切故事都那么陈旧
陈旧的糖衣包裹无尽辛酸
这是爱抚和救助的故事
是柞树叶扎起伤口的故事
是我们两人
　　享用的
　　续写的
　　纪念的

二

暗自回想
一份宁静安稳端庄
笼罩无边黑夜
我需要你的援助
如这长夜需要光的刺破
如一道铁犁划过雪野
在黑土上播种之后
甘泉汩汩涌流
玉米苗壮如青杨
田垄上印满想象的脚痕
无冬无春无夏
只有那个累累硕果的季节
谷香涂遍四野

井上长满青苔
绳痕勒穿四壁
大地中央的活水
映出明天的镜子
在井边依偎
听蛐蛐吟哦

想去触动那排青杨
你低垂了前额
笔直的头缝让人发怔
我们在一个什么年代里相遇过呢
或许已厮守千年
在灶火的熏呛下泪流满面
神灵让一切都有个新颖的开端
然后让其蓬勃生长
枝叶繁茂
遮天铺地
卷起绿绿的瀑与潮
汇成汪洋

无言对峙
无言是滔滔的浪
是凝固的山
只遥遥注视
遥远得像一厘米、一只手臂
我即将离去

三

任你责备
世上已无申诉之词
这是你的鞭笞
　人类当中最卓越的人
　施用的酷刑
不发一言
只用青春消逝时的黄叶
　遮去眼睛
在孤单无援的空间吟出
　悲凉刺骨的诗句

我一生都将歌颂白雪
它皎洁又忍受践踏
可是听不到一声感谢
它覆盖大地的轮廓
使其丰腴起伏
把需要掩护的紧密捂住
使用母亲的衣襟
我伸开十指去抚摸、握住、拂开
不见一丝灰污的雪啊

指示着清纯和洁净
也指示着严肃和冷静

这是你的雪
温柔的雪
爱人和母亲的雪
我被告知在长久的时光里守护
不被践踏
不被污染
不被改变
　　它只能是白的
　　像光一样刺眼炫目
多么光荣啊
我经受得太晚了

看着你含蓄润泽的美目
羞愧难当
你凝结那么多包容那么多
在你面前自嘱自慰自谴
却难卸一点沉重
我和你同属这个雪夜

你是雪

我是泥土

你由于不能容忍

痛苦而毅然地化掉

我领受了

依然黝黑

四

白雪有一头洁爽逼人的长发

有一双美目

白雪是银装素裹的纤躯

　　是冰莹的心灵

　　是暖煦煦的莹粉

　　是普天之下最长的一次爱恋

　　是顾盼

　　是青春的伤感

　　是为了告别的祭

当白雪真的化上你的鬓发

我就跪卧脚边

洁白的心灵洁白的身躯啊
纤纤十指啊
为了印证为了明确
就这么贴近了我

没有一点风
雪下着

我向你挥手
你成了一尊雪雕
夜幕遮去一切
我仰脸寻找星星
　　天上是挥挥洒洒的雪
　　是你
　　是沉默又欢笑的精灵
　　是恩情和喜乐
　　是宽恕和愿望
　　是庆典

我走了
雪

第十章　圣 徒

一

如果没有这阻隔
没有这无形和有形的
　阻隔
缓解下来、停顿下来
徐徐地降落
心情、目光、睫毛
盛开又凋谢的花
到处都无法寻找无法打发的
　那一些
如露珠悬起又蒸散的
　生命融化的秘密
不过是这样
它永远都有一个后来的期待
期待的徒然和美丽
悲壮的美

你那高傲的步态

有人形容为“母狮般的”
度量时光和距离的迈动啊
让人记忆犹新
我几次想告诉你什么
都被这奇异步履踏碎
含蓄深邃的目光
射向一位鹤发童颜的老者
老者双眼立刻涌满泪水
摘下眼镜一遍遍擦拭

面对生的奇迹必须敛息静气
闭上眼睛
只用听觉捕捉那游动的
如大地呼吸般巨大而微小的气息
它在星月灿烂的午夜飞走
在黛蓝色的山尖停留
又凝结在金丝绒一样的
　玫瑰和大丽花上
降落在春天平静的湖面
我伸出手
感受你飞翔中掠起的微风和暖流
　　似乎感到了

暗暗收起这个激动

二

我可以规避、逃亡
永远消逝
但谁也不能阻止
　我为你而保留的勇气
这是真切又虚幻的
　不会死亡的重复
是我在你的丛林中奔走的汗水
一遍遍擦拭
让心殿的银器锃光瓦亮
这样一生
毫不倦怠
专心致志
任白发根根滋生
白发是银器的根须

你的饲喂让我壮硕强劲
然后是远行

是通往高原的险路
狂热痴迷准备下半生
却忘记由来
呆滞末路
化为一块顽石
长成一株黑褐色的树
难忘你长长的抚育
你的饲喂
我目眦尽裂
心急如焚
却无力移动半步
我成了高原一粒
西部的沙子
永生怀抱不能报答的光荣

这是经历十二场死灭
　不能赎回的背弃之罪
在心底喊一声吧

你听不到
长长地、轻轻地呼一句吧
这样止息着

　缓解着
徐徐落地

我是一粒蒲公英的种子
吮吸飘飞的幸福
你的浓发是我的泥土
你用目光照耀我萌发
从不吝啬
你的怜悯是宇宙间的大幅雨帘
垂挂于一望无际的原野
你的长臂柔软温情
揽住多少崖边孩子
你是他们后来的、永久的母亲

三

在夜色消褪时
你会看到我
　在冰地上站了许久
没有携带笛子
只在月光下徘徊

无声无息的沃野
无边无垠的夜色
一团时光的莹粉由东往西运行
掠过树林挂满尖梢
像丝绵和雪
我一次次弯腰躲闪
有几丝落在头上
再也揩它不掉
没有着落没有来由的感念啊
涌动起来就无可遏制
我为供奉、交还、叩拜而来
因此而跨越了河流、飞沙、焦土和麦地
衣衫破损
尘土蒙面
蚂蚁在昏睡时咬伤了脚踝
毒鸟在追赶中啄去了毛发
可是什么也不能阻止
历尽艰难万险
脚上裂痕越来越多
渗出的红汁化为紫黑色鸢尾花
你有一天能从那曲折的
每年春天都如期萌发的花枝上

寻到我的来踪

只有这一次长奔
没有第二次了
被风吹起那一刻
我就领悟全部
梦的终止处
是我的启步处
我不敢说出那个字
我是那个字的圣徒，有时
　也是另一个字的圣徒
它们是兄弟
是银币的两面
是星斗的夜显昼隐
请缄口不言
一意追赶吧

四

我来了
太阳升起

迟了吗

你一语不发

我看到灵魂的光束

　点亮神圣的时光

千万忍住

这是终点之光

与这光相伴的

是娇艳无比的鲜花

灵魂的光束扫到哪里

鲜花开遍哪里

这光束还给我青春、欲念

　力量和忠诚

我终于有勇气说出了

　那个在心底压迫了一生的字

第十一章　麦田

一

闭上眼睛
触摸浅棕色麦田
在夏天的热浪里
在麦子的长睫上
　寻找着你

那一天，你离开的
　那个黎明
铃兰苞朵上反射出一丝微光
铃声响彻一条曲折街巷
白色裙裾一闪
隐秘了浅夜
远处的马蹄不停地敲
叩问这沉沉大地
隐秘堆积的尘埃
勇捷的身影在原野上飞驰
长鬃旋舞如同紫色闪电

厉风把一排柳树扳成弓
弹射出无数箭镞
美丽绝伦的白鹭跌入泥泞
它们高高的胸部渗出鲜红
　化为蔷薇
羽毛
　化为蝴蝶和白色十姐妹
眼睛
　化为钻石
长爪
　化为人参
丰腴的肌体
　化为汉白玉

到哪里寻找
融入了消失了
你的声息你的形影
每人领受一份
像初夏时节的孩子
　各自捧走一束金合欢
那芬芳啊
那粉粉的色泽啊

春冰破碎那一刻
我正跋涉在北方的荒原上
孩子的头发总那么柔顺
小蜜蜂扑来嗅去
小手掌柔软动人的骨节啊
顽皮的微笑啊
春寒弄红双颊和手背
　还有鼻尖
我把他高擎过顶
一起寻荒原绿色

这一趟何等短促和漫长
你给予的我会倍加珍惜
用双份的心情去焐住
最好的祝愿送予你
凶险的诅咒施于敌
相信我的强大和灵验
我的人啊
我的挚爱和疼怜哪
你知道我敏感如此
难以遗忘如此
就会明白我的执拗和强悍

为了你的恩泽你的灵光
你无所不在的赐予而
　献出自己
　没有悔疚

二

这儿瘢痂处处
找不到完美
我迷恋你预示的那个境界
　那个精微细密的极致
想象它奔向它
用双腿，也用心灵

这不是梦想的现实
而是现实的梦想
　一种真实
　四季里结成的甘果
捧起红云一样的沙粒
它昨日刚刚生过玫瑰和
　无边的苍耳

为什么听不到那蹄声与呼啸
　一片沉默
难道大地也会遗忘吗
难道天籁也会隐藏吗
是的，亲爱的孩子
无数次用双唇触过额头的孩子
你得奋力追赶、奋力挖掘
沉甸甸陷入土层的
　是诗与真
　是钻石和白鹭化成之物
　是打开光源的一把钥匙
我曾抱怨来得太晚
不明白生命没有早晚之别
生命面临的一切完全相似
面对的都是你
　那双洞穿一切的心灵之窗
它告诉我
　生命将走向何方

不要抱怨和愧疚
抹掉泪水去吧
等到仇恨涨满双肋之时

就看到了我

一个生命是一份奇迹
它组成无限奇幻
铃兰苞朵上闪烁的晖光
　　是你的微笑
　　是显示和呈现
　　是唤醒的颖悟
这样的时刻被凝固
走进了春之拂晓
　　近在咫尺
　　芬芳四溢

三

回忆那个不幸的时刻
绝望怎样捂住茺发
鸮鸟鸣叫
黑蝴蝶四下翩飞
从未见过的飞禽
如蜘蛛一般琐碎渺小

你在哪里
若在记忆的深海
该浮上来拨动无边涟漪
琐碎的禽鸟像糠末
遮住眼睛蒙过额头
你，无所不在的万能之神
忍看寒冷、污秽、恐惧
　一起围住我

我闭上眼睛
抚摸浅棕色麦田上
　浮起的盛夏之花
新红光亮如穷人的一颗星
麦子的香气随风流转
炎热的季节五彩缤纷
英武的黄狗和千娇百媚的猫儿
　一齐出动
少女摇动斗笠
镰刃在阳光下鸣响
在泥土上切割抚摸
那颗红色星辰在麦田中央
与高空飞跃的百灵连成一线

多少种子、面包、饼与糕
艳阳下的熟麦田啊
这浅棕色海洋
小舟穿梭往来，桨声不绝
我在夏天的热浪里
在麦子的长睫上
寻找着你
掀掉一张张斗笠
见过一副副笑脸

你在何方

四

起伏波动的浅棕色麦田
泥土上铺开的一面旗
上面写下了火热的纪念
它的纤维
　　织入你亲手摘下的打破碗花
　　小蓟的圆球果和
　　　自己的发辫

人间最大最芬芳的一面旗子
每年夏天都要在太阳下晾晒
　蓄满太阳的气息
季节啊
万千生灵和人的季节啊
绵长而严厉
我不知感激还是怨恨
在热风中猎猎作响的浅棕色麦田
在这覆盖了北中国的旗子上
悄悄抹去仅有的一滴泪水
泥汗把我裹糊
使我年轻英俊
　　这个时刻啊
　　你看到了吗
　　你无所不在的目光啊
　　隐在哪一张斗笠下

我们是绞纽一起的纤维
化入这片浅棕色
你发辫上的香气
已被这热烫的夏麦之味遮去
我们的种子、面包、饼和糕

盐和水伴嚼下的一个温甜季节
我拢起一个麦捆
如同触摸你的腰肢
同样的温热与脉动
同样的圆润与战栗
我亲手扎好了一个麦捆
它的头颅沉甸甸

像一个即将沉入甜梦的孩子
你张望的时间太长了
从那个秋天到这个夏天
我们的种子、面包、饼与糕
瞧这片无边的浅棕色麦田吧
好好地瞧吧

五

就是那个深夜
遥想热气腾腾的麦田
抵御最寒冷的季节
你把我挽起

举步向前
你开阔的微微鼓起的额头啊
像春天的土壤那么温煦
从此废墟消失
你指给我一片四季葱绿的田园
我幸福得喃喃自语
梦想着簇拥一生
埋下了勇敢、果决、幻念和倔犟
像一只靠岸的船
风波在远方
　　一片雾　和星辰之下
　　茧花压垂的眼睑之下

你此刻听不到我的声音
一遍又一遍呼唤
寻找你的黑夜
当那团温热的墨丝把我缠绕
不能言语也不能呼吸时
层层呼唤就送达你的耳廓

第十二章　一滴泪珠

一

你骑上白马
持缰远望
身体因神往而前倾
稍稍离开鞍子
　　一匹羞涩的马
　　驯顺而善良
踏踏马蹄一直冲向崖畔
前后左右
到处都是黑紫色的蝴蝶花

妈妈把我交与
你领走一个怜悯
午夜不能入眠
你一边饲喂
一边在头顶搁了下巴
　一丝丝碾压
那漫过了原野的秋色

那回响在天际的歌谣
直到白发染了双鬓
我才悟出什么是
　一个男人的奢侈
磨损的双手捧在胸前
难忍翻腾于心的感激
你饲喂我

没有第二次了
就像不能
　第二次出生一样

二

我是你睫毛上悬起的
　一颗泪滴
先自离去
生怕跌落

太阳从崖畔升起
蝴蝶花化为乳雾

我将开始消失
当你悲酸难忍之时
我会有许多兄弟
你用温润的呼吸吹拂我
我险些顺秀挺的鼻梁滑下
　在起伏庄严的山岭上跋涉
这丰腴的永不贫瘠的丘壑
让我用尽全部生命
舍上，溶化
用生命给你润泽

你是我的母亲、姐妹、爱人和挚友
　一切相加的重量和恩典
你给予的喜乐足可享用一生
在纵横交织的向往与禁忌之间
只剩下可稍稍移动的方寸之地
你给我勇敢和近乎孟浪的气概
于是加快追赶的脚步
在曼陀罗使人迷醉的气息中
　忘掉死亡
我终于明白
人正是为了死亡而生

曼陀罗花像死亡那么美丽
肥硕浓烈的壮叶和粗枝
富含白色汁水的生旺之躯
散发着奇幻之味的喇叭花
都让人想起白亮如银的月光之地
　　使人闻风丧胆的美丽丘陵
思念你
一遍遍思念
淌下了轻浮而永恒的泪水

我在月光下幻想明天和昨天
尽情低吟
一个人走向空空如也的崖畔
企图踩到黝黑的蝴蝶花
　挨上蜘蛛的咒语
一切都是白茫茫空荡荡
什么心愿也不能交还
啊，可爱又可怕的秋天
只有曼陀罗的季节啊
把人熏制成白痴的秋之气息啊
快来搭救和驯导
快把我扶上白马

三

从春天到秋天
总是隔开了
　火热烫人的夏天
没有夏天就没有果实
饥饿啊
永不餍足的年代啊
当秋之月光布下一地莹粉
你在窗前看到的
　那个赤足少年
　胡茬黑旺头发芜乱的中年
都是我

他直盯盯望着
那就是我

爱到极致就走向荒谬
天真了三十年
步入中途
季节挨到秋天
再一次回顾吧

回顾那些时刻
回顾雨天与雪天
回顾你牵上我的手
　一起奔走和歇息的年代
崖畔上青葱如故
　　西风如故
太阳升起
牧歌声震四野
无边无际的海浪上
白莲花层层绽开
怜悯不会白白抛却
它牵回的是祭献与牺牲
你再也不会失望了

因为还远远没有报答
追逐的结果是相诉与恳求
你的手啊
被劳作磨损的手啊
你的眼睛啊
湖水般闪耀的黑色苞朵啊
你的双唇啊
挨上我的额头我的眼睛的双唇啊

一切都不会随落日消失

四

一轮红日喷薄而出时
我跳下了你的睫毛
　从大理石般的颊上滑下
于是人们都在晨光中
　看到了你的两道长泪

第十三章　永久的飞翔

一

我跋涉于丘陵
嘴唇渴裂
你的羽衣飘过
　蓬蓬马兰、玉簪、石竹和百合
双手触摸大地
拂开长藤和叶蔓
现出一潭碧水
焦渴的孩子
羞怯的孩子
圆圆头顶上飘一绺黑发的孩子

你引领了一个生命

如今你远去了
　　魂灵和眼睛
　　春天的鲜花
　　夏天的艾草

　　冬天嫣红的炉火
骏马越过一条浓稠的河流和
　清澈的河流
什么都没有
只有一片结了籽的芳草
　在晚风中悄悄荡漾
仿佛有柴门推动之声
　一丝气息
谁赤脚站在那儿
谁剥去了你的衣衫
谁驱赶你在大地上游荡

是一个冬春的北风
是满山遍野的荆棘
是瓢泼的大雨和箭镞似的冰凌
思念催促我
焦渴折磨我
它们又像绳索
把我牵上十字街头

旅途铺满残枝败叶
风暴留下的痕迹

千里万里的追赶
不歇不倦的追赶
此路像人生一样漫长和短暂
当那片苍耳遍布大地
马蹄就会响起
火红的驹子腾跃天地之间
到处都是它灵捷奔突的身影
只可惜无力揪住
　那飘飘洒洒的美鬃
如此盛大的节日
只为你降临
这庆贺会载入史册
让人记住
血红的玫瑰花瓣铺满原野
在烈日烧灼下化为浓浓汤汁
　渗入泥土

二

撕破的叶片和穷人的衣衫
无望而热切的苍耳

青生的气味令人回想

没有鞋子没有衣服
在水中在林间
在伸手不见五指的黑夜
光滑的圆脑壳散发出
　铃兰、荨麻、山芋和麻栎气味
你用力吮吸
没有乳汁
太阳倦了
讲个北方的故事吧
连续不停的涛涌之声
我梦见一只鸥鸟
孤单高傲
展翅飞向远方
翠玉似的水波涟涟无际
荡动激越
溅起的白屑腾到高空
沾上宝石般的双目

浩淼由泪水汇起
所以它们味道相同

闪动着眼珠的颜色
岛屿由一只巨鸥化成
　　它疲累时寻不到陆地
　　就落入水中
我去何方寻自己的陆地
只有永久飞翔，向着远方
为着这孤傲、倔犟、炫示和不屈
　一直飞去
穷穿铺展天涯的波涌
隆隆巨涛与雷声衔接
闪电是宇宙荡动的柳丝
一只海鸥
双翅尽湿，洁白却未改一丝
你就在夜色里注视
当我溶进长夜时
才挨近你闪电般的乌发
　　坚持吧
　　不要停止，不要折断
　　忍着，忍着闪电的烧灼
　　雷霆的轰击
那目光催促我牵引我
它要一只永远飞翔的鸥鸟

三

永久的飞翔是
　一场报答和祭献
我被如此昭示

我一无所有
一切都由你赐予
　你是一切
为了那可怕的觉悟与感动
激烈中只想抓住
　通向冥府的火红马驹
没有捷径与坦途
没有侥幸和意外
只有飞翔，飞翔啊

这里甚至比不上荒漠
双倍的燥裂、焦灼、渴念
　一块儿来临
双翅被割开、撕扯、点燃
血汁洒下又被狂风吹散
云雾有了淡淡红色

看不见的丝绺
　缠住了头颅、双翅、两足和躯干
勒出筋脉骨骼
淡淡的红色
让它快些折断吧
你的视野需要一只不悔的鸥鸟
让它折断吧

我要染上你的颜色
　玉兰花瓣的颜色
你在清晨伫立窗前
三只鸽子绕橡树盘旋
其中一只洁白如雪
这个清晨到处充满了
　幽幽香气
怎么办啊孩子
口吐呓语的孩子
你梦见了什么
　　一片大漠
　　一片水波
　　一匹红马
　　一只鸥鸟

还有

　　旋转的星辰

　　渍红的水雾

　　撕裂的苍耳

　　化为汤汁的顽石

心底荡动绝望的狂欢和

　尽情尽性的疯癫

然后沉寂下来

听一根银针悄然跌落

　　空旷的荒原

　　白皑皑的大野

　　流沙静滞的高丘

　　漫漫无声的长河

我看到雪原上那飘扬的红巾

草地上那纯白的裙裾

我盼念你的微笑在丛林边摇篮旁

在热泪洗涤的脸上

沉沉幕布即将拉合

最后一次怀念出现

一只无所不能的手在拨动

让我往前一步、两步

　　怪石嶙峋的万丈险崖

　　响彻千年古歌之地
　　再生之地，荣幸之地
　　结满了桐树籽儿
　　开遍白色牛眼菊之地
我伏下身
忍着硌裂筋肉的尖利
去寻找传说中的一切

看到了，多么美啊
一蓬蓬矢车菊、白芨、金盏草
黑百合、丝兰、风铃草和菊芋
　从幽深难测的渊底翻涌而来
顺着崖壁蔓延
一直铺卷到脚下

感激的泪水一涌而出

我再不会泣哭
但这是一个人
　仅有一次的时刻
就像割断脐带那一刻的
　嚎哭疯唱

人生的怀念之巾是金丝绒的质地
我最后一遍抚摸

急躁地奔赴其中
我知道闭上眼睛轻轻一纵
也就进入了怀抱
双唇渴裂
必将有最终畅饮
你在这儿备下了无边的酒浆
接纳一个长久追赶的儿子
纯白无瑕的衣衫
乌亮的长发
清澈的眼睛
都看到了

收留吧

第十四章　紫萼

一

每天都盯视那
　飘忽瞬变的一片
准备捕捉那一跃
双眼被天光烤灼
随时会失去光明
风在山岈上呜呜
小楸树发出口哨
池鹭在翱翔
那片无望而热切的苍耳啊
　　绝望旋舞
这叩击陪伴的永生
这永生追逐的叩击
　　你在哪里

那匹火红的马
那匹雪白的马
它们是叶片的两面

是红云与白云
是一对眼睫和孪生兄妹
　飞驰而去

长茅草疯一般茂长
荒芜了群山与大野
遮住了红果与鹗鸟
小鹌鹑的鸣叫如不成音调的笛子
百灵羞声敛口
长茅纠缠撕扯
焰舌舐遍大地
藤蔓筋络罩住东南西北
握住泥土和岩石
韧长的枝叶迷长疯窜
大风搅动千里

我伏下身躯
生鲜浓旺的汁液染个周身遍体
筋络飞快攀来绕去
午夜时分一片青葱蓬绿
融入和遮隐是
　长久的喜悦

　皈依的充实

　跟随的真诚

　吸吮的感谢

我知道一条白色闪电

会在某一刻腾过南北

点燃无边的长蔓和纠葛

爆亮的炽白

熊熊的焰舌

　与白色闪电结成一体

这渴望啊

如同一地茅草疯长般的

　无边渴望

二

你不是为我才来

我是为你而生

捧起滑亮的白泉浇上发颈

我侍立一旁

记忆中寻过这泉

它们原来独自相守
我们一起去吧
它的面孔让人过目不忘
你是我的孩子、兄弟、胸前的珍宝
是流泪的果子
月亮下的流泉
是哭泣和欢笑
是睡梦中的呓语
是有一天伴你死亡的生灵
你在悲怆的秋天吻了我
让我有一个毫无邪欲的唇与额
你在酷寒的冬夜温暖我
让我感知永不消逝的春色
窗上的冰凌印上奇幻
　　母亲怀抱一个婴儿
　　形与神、婴儿稚弱的毛发
　　一派毕肖
这是神灵在午夜的一次轻描
是个预言

我曾恐惧过
最后那一刻也不过如此

为掩住怦怦心跳
必须一再离去
曲折回环的街巷和
　蜂拥的人流
割不断这怯懦之弦
让我到无望的荒原上
去静默或狂奔
寻找自己的午夜
海流徐徐化入夜色
鸥鸟悄然降落屋顶
一颗蓝星在南天闪烁
永恒的北斗默然伫立
风把干燥的白沙吹起
吹露只只贝壳
珍珠遗失了
悬在一个不贞的妇人颈上
远航的船要在黎明时归来
载着一两个想入非非的醉汉
没有他们的港
只有千年不变的岸
没有海盗
只有草匪

没有甘露

只有浊酒

我在岸上悄立遥望

怯懦埋进镶满贝壳的沙滩

三

我在大地上无声来去

深夜潜入你的城堡

嘶哑的车笛响了一百年

伴着生死悲欢

蹑手蹑脚踏上滚烫的城街

路灯变成熟透的柑橘

强抑着回想、顾念和欣喜

牙齿颤抖

长长的城街没有尽头

从早到晚是一个环形的黎明

这仿佛是一个千年古堡

　万年老城

它果核般严密精制的小巢中

睡着一个满室芬芳的公主

探险似的快乐

偷窃似的惊慌
小心地一步步踏去
两手飘动如翼
忽然一声鸣笛、流浪汉一句长嗥
让我戛然终止

睡吧，黎明
睡吧，躺平了的小鸟
我的叩击时急时缓
是黎明前溶进乳雾的梆子
我是催逼黎明的人
又是被催逼的人
　　贫困饥渴催逼我
　　气血催逼我
　　枪刺催逼我
　　怦怦心跳催逼我
我如今赤身裸臂
用十二磅的大锤叩问
火星四射
　　锤击和迸溅
　　呵护和怒斥
　　火夏和冰冬

都是同一片叶子

你躺在一片毛绒绒的叶子背面

睡着了

我一声声叩击

怕吵醒你

又为了吵醒你

睡吧，黎明

睡吧，躺平了的小鸟

四

有一天我像吹散的种子

散进这一片茫茫

这之前先要割断柢与蒂

有一次碎裂

难免的撕扯之疼

为了容忍就豺狼般长嗥

有一天我会长个漫山遍野

寻到缬草、紫萼、小斑叶兰和

石斛、柴点杓兰、宝铎草

在它们身边驻足生根
因为你在它们之间

你看清晨草芒上的露滴
那是人世间永恒的泪珠
它们闪烁，哭泣，等待
风把它们摇落

泣哭的紫萼啊
你有永不干涸的泪滴
欢笑的紫萼啊
你有永不干涸的泪滴
我的紫萼啊
我双手托举的紫萼啊
你泣哭你欢笑
你微微展放苞朵
你摇撼整个世界
全部的不幸被你孕含包容
　预示和告知
你是苍茫中争夺太阳的花冠

童年时期的一次失落

铸成这样一生

昨天被一片薄羽遮去

跨入富足温情的明天

你是万物的乳母

吸吮中最不能忘记的

　就是你腮上的泪痕

吸吮，垂落

你究竟为什么而悲伤

是什么预兆在使你绝望

你按在额头、肩部和脊背的手掌

　阵阵颤动

你看到了那个分离的时刻

五

分离终要来临

这是谁与谁的分离

　　母与子

　　你与她

　　婴儿与脐带

　　人与大地

为报答和复仇
万死不辞
让时光流动吧
让枯叶扑地吧
四季变幻
雨雪交织
都无法使我忘记

你告别的声音啊
轻轻的，淡淡的
害怕有什么尖锐划破

没有个例外
尖锐刺破了一片
深深的
　鲜血流着泅着
伤口永不复合

那匹白马消逝在天际流云之中
飞动的美鬃长尾偶一显现
　倏然隐去
雾霭遮去十万大山

声声叩击化了掩了

还是不停地叩击叩击

我的紫萼啊

我的双手托举的紫萼啊

第十五章　礼赞

一

我相信这是一生中
　最艰难的时刻
　听到的一声问候
一只纤弱、力拨千斤的手
招回了飘摇淡远的一丝
从此手与心在一起
　生生不倦地诉说
那个漫长的夜晚
从茁壮青杨到防波堤
是深蓝的湖
一只鹭鸟无望地吟唱
涕泪交流
怀想思念
独自迈出茂密的小香蒲

夜色在视网中结为永恒
无数次迷蒙四顾

伸长双臂探触
午夜钟声啊
徐徐移动的指针啊
把乳白色的黎明薄膜划破了
我在这恐慌的时辰里必须依偎
沉入和回避

那铺天盖地的一片淋漓啊
那无遮无拦的奔流啊
溢满大地与江河

一片秋黄之中
我拨开荆藤、草须
开辟那条路径
巨石嶙立的峡谷
美鹿直立的遥望
都不能使我偏移
我要寻昨日苍耳地
　贫穷富饶之地
　绝望希冀之地
那棵红木树
　　让紫蔷薇一样芬芳的枝条披挂两肩

它覆盖童年的躯体
少年的额头和
　青年的眸子
它用混和了瓜叶菊的体息安慰我
丝瓜的长蔓在攀援
金色地衣草在匍匐
只是一次安憩的瞬间
人与整个原野丝络相连

我的孩子啊
双眼如同旺泉的孩子啊
你总是包裹枫叶编成的头巾
扯下来，看一眼削短的亮发
我已经怀抱你翻过了千山万壑
在柞树叶下安睡吧

二

不必寻求什么奇迹
不必期待隐喻和显现
我已经感动了、得知了、谨记了

从此只需注视和回报
　只需守望
你不必原谅也不必饶恕
虽然它是念中一瓣
我到雪封的高原无私无求
仅为验证一副无欺的目光
让冰凌刺破虚念
寒冷彻骨之地有一簇神奇的花
　开得多么绚烂

一遍遍梦念高原
那时刻还不到
这是追思不绝
额头生满茧花的时光
是祭与偿、忍与韧的岁月
河水流过十三道石滩
洗涤出光洁的鹅卵
大风把群山梨花扬成了雪
悄悄滋长的笛音吹响了
我沿那悠长与委婉走去
跨出盆地登上山巅
弓满了，箭镞飞去

月亮跃出山凹了

风霜洗尽了斑驳浅痕

大刀割伤还在

它是我的标识

盲目的亲人搭手之处

这奔走这耗伤

这捡起又丢下的死亡

只为了这一天吗

　　我捧起你的手

　　你的脸庞

　　你长长的目光

　　它在我手上流动、回旋

　　又顺着双臂涌上脖颈、双颊、额头、须发

　　裹紧了周身

三

这就是归来啊

这就是亲情啊

是人最后的一个恩惠和欣悦

伤悲之歌全部敛起
热辣辣的鼓点震动起来
我的孩子啊
在这第一个春天里
我要为你裁一套橘红色的衣装
牵你到茱萸开花的石岈上
引你看老鹫和硕大的榉树
听那个没牙的老汉唱自己的故事
你春阳下发烫的脑壳啊
快抵住我的胸口
小蜥蜴在流沙上探头观望
稚嫩的双唇开始品咂大把春光

望着这片苍茫
倾听不倦的敲击
还在幻想那双白羽
它是人世间最纯的颜色
是飞翔的花
是炽亮的电
化为黑色苞朵落上眼睑
　让我安眠
它让我记起骏马的故事

看见那闪光的躯体
驰过棘丛、沃野、林莽
　穿行十万大山
你是伴它飞去的精灵
是水和光
是雪花和兰草
是含笑远望的母亲

那几个字
　几颗润湿的种子
在心房里一天天焐大
　我不得不吐露
　再一次吐露

我　爱　你

一九九一年三月——一九九六年一月写作
修改于八里洼、枫庐

费加罗咖啡馆*

斑驳的旧报纸
一只老杯
安坐的黑猫
闪闪烁烁的面容
所谓的历史
　　　辉煌
　　　荣誉
原来是这么一回事
一个微笑
一次怀念
一点点感动

残破的小木桌
像艾略特
　无形的吉他
女人的黑衣

---

* 费加罗咖啡馆位于纽约格林威治村，诗人艾略特生前常在此写诗、消磨时光。

故去的永恒的友人
咖啡
而已
咖啡

西方的一丝矫情
遣它不去
等待黄昏
睡去的甜蜜和
　凄然

一九九六年八月二十五日

有一种奇怪的液体

有一种奇怪的液体
它能够漂起石头
它在广场上漫流
溅起了古老的浪花

这液体在阳光下变成
紫色和蓝色
又在时光下凝固
其硬度超过石头
有点像铜与铁的合金

到处都是这种液体
有时又寻不到一滴
它原来在默默无闻中
化作了玫瑰的花瓣

它燃烧起来

就像酒一样
原野呼号跳跃
蒸腾出醉人的乙醇
人人都小心地贮存
等待广场和街头的焦渴

它浇活了死寂的大陆
让青杨茁壮出土
我记得那个初夏
它是如此地浓稠和芬芳

一九九六年十月

龙口海滨万亩松林　田恩华摄

松　林

——龙口海滨，一片松林无边无际

这是一片遐想在阳光下绵延不息
是枯荣更迭的岁月的毛发
它们正通向地幔深处那颗炽热的心
它们正连接着长长的脉动

脚下是呼啸而来的声音
身边是大风中摇动的野性歌喉
我却先要学会沉默
像你曾经做过的那样
垂下眼睑　然后　沉默

1

何处寻一个确切的回答
回答这苍茫松林到底是什么

此刻一切静息　只有时钟嘀嗒
大地在倾听呓语怎样徐徐落下
热流像软绸一样从发梢漫过
阳光照亮后颈上金灿灿的茸发
我踏进爱人全部盈足的春天
日夜蜷伏在一片洁白的沙壤上
大树的汁水一次次洒遍周身
我安然不动　张望十里穿行的微风
松林在眼中摇曳不停浑蒙不清
恍若曙色笼罩中的茫茫少女

一枝折下就渗流不停　如此浓稠
莽野里一瞬间芬芳弥漫
像长辫悠动那一刻的羞涩气味
像一生中不可修复的记忆
原来这里千枝万杈遮掩的都是冲动
是树干上一片片剥落的焦灼
真的　真像在热风中摆动的茫茫少女
像一片悄然无声体贴入微的心灵

2

我侧耳谛听悬遍四野的风铃
看枝丫上眉目闪烁频频传情
大洋的讯息润湿了它的长躯和睫毛
午夜星光照亮一片丰腴的隆起
水手的醉歌在浪尖上荡成碎银
它们一闪一闪挂上枝杈
千古流徙的登陆水族耿耿难眠
丝丝缕缕奏起往昔的和声

这里真如大洋碧绿深邃浩浩淼淼
这里悄藏了巨大而温柔的激情
它正听每一声召唤盼每一个时刻
随着沃野的呼吸剧烈起伏
它声嘶力竭呼叫一些生命
直到一场孕育在早晨降临
上帝敲过了庆贺的鼓声
感谢的泪滴洒遍每个稚婴
群舞的茫茫少女颂赞盛大欢宴
呼叫溢满了海洋　大地和天空

3

这是一片生长和站立的悲悯
你可以从它的肃穆和气息中
领悟那指向渺远的质询
如林的手臂久久伸向空阔
直到掌根生出了塔楼
直到塔楼装满了谶语
浓发压顶垂手而立
每一根松针落地都清晰可闻
这里的天籁浓缩成一个方方的硬块
小心地压上林中空地
此界与彼界的往事生出了胡须
创伤与苍老让大地不发一声
这里演练过多少残酷的嬉戏
这里践踏过多少棵草本植物

谁能感受一粒沙子再生的快乐
谁能听到一滴水死亡的悲泣
身边都是渺小而庄严的命运
是黎明前出生那一刻的绝望嘶叫

你削了又削的短发按在掌下
这手掌像海蚀岩一样粗粝
然而它柔善得可以伸进如花的心窝
让你浑身战栗将它一口咬住
今夜月老推搡一个海湾摇来荡去
傻乎乎的孩子被幸福逼哭了

这儿是重复了几万年的磨损
是我们自己动手编织桂冠
爱的牙齿咬遍丛林只把一个撕得流血
这一个很快变得白发苍苍
在这冬霜洗涤万物的北国里
它们总是沉默不语比肩而立
流动的岁月淡得不能再淡
大雪是最基本的调味品是盐
缀满银花的丛林中只有你飞飘的红围巾
惹得苍苍头颅一齐转动

4

这是一片追思千遍的觅宝之地

每一截树干上都拍打过他人的童年
这里有青草的母亲和野性的蘑菇
这里的每个浆果都衔一串魔鬼的故事
为了拥有自己的远方
千百次攀上思念的高处
我看到东风源头上站立一只花鹿
清澈透明的眸子印了一枚爱情的图章
到处都是点燃了炉火的棕色小屋
到处都在无形的幻念中时起时伏

我们在兔迹与鹰痕下挖掘
在沉积层下找到了一颗浑圆的泪滴
一双双猫爪一样柔软的小手
小心而执拗地捂住了大地的乳房
这手伸进被太阳炙黑皮肤的姑娘乌发
摸到了一千年前那个陌生伙伴的悲伤
我们不经意中踩上的那座远古宫殿
是用金丝鸟颌下的柔毛和肉桂叶子搭成
里面有个黝黑的公主在王子怀中死去
临终前那首冰凉的歌至今还在攀上攀下

它们在半岛上伫立厮守不忍离去

十丈根须在夜间抚摸地下的胴体
漆黑中年复一年的亲近和拥有
缠住的是石斧的长柄和隐秘的心灵
它的每一次生长都是矗起的标记
是碑铭和送给上帝的感恩
这海滨茫野多么渴望奏起挽歌
多么渴望压过北风的庄重而深厚的男声
雷神把闪电藏于大海和莽林
那是为了看护神殿和密封的宝藏

5

我在看人世间最辉煌最晦涩的表述
看成吨的词语沿着海岸线破土而出
词根在矿脉溪流中攀着姜石游走
谓语沿着主语枝干把宾语挂满树冠
从此半岛上充斥着无边的低语
每一根针叶都指向亿万光年的射电
无休止的蓬勃是不断衍生茂长的声韵
每一个成熟的词都化成了坚实的球果
密集的单字缀饰了戴胜鸟的羽冠

又饲喂起十万只神采奕奕的长喙涉禽

我在树阴下收拾时光碎片
倾听来世无情无义的瀑布
我看到天空正循着命运的斜坡滑向海洋
大陆架上的刺松藻跳起了疯狂舞蹈
神龟游向漂渺处的那片隆起
去产下那枚一亿年前的巨蛋
其实词语就是光阴的脚趾
是龟背上剥落下来的褐色屑末

这里一切都需要星汉的液体浸泡
需要在恐怖的劫掠之夜铸成均匀的方块
这里还需要结出颗粒饱满的种子
紧紧握在土地神的手里

我在生满塔形球果的植物间穿行
无数次梳理了风中的盐粒
我用聚集的咸味冲走了平淡的日月
我用针形花瓣缀饰了爱人的卷发
我发现大地的时钟正丝丝拨动
人是秒针　月亮和太阳就是分针和时针

行走中谁理会时急时缓的信风
我的命中已记叙了这次紧迫旅程
我的前方正有一个闪光的字眼迎面飞来
它们像流弹那样贴紧了抛物线的长弧
我一下伏在了滚热逼人的腐殖层上
口中含住了一颗最大的松子

6

你款款而来　力量却像滚石
湖边的两排青杨在风中摇动不止
清澈的单音如弹击的水滴颗颗溅出
如红翼蚱在静谧中磨擦双足的声响
有些欢快的煎磨留在了荧屏上
即便是幸福的微笑也不能将其消除
我给你一些簇新跳动的球果
这是从古至今最好的奴隶口粮
请注意被狂喜和忧伤围困的右眼
它总是给天生丽质传达不幸的信号

传说美妙慷慨之火大朵大朵垂向枝头

令人想起贫瘠之地农人捧起的棉花
从此就是黑压压仰向星河的一片张望
是与海洋对峙的凝固的沉思
无以名状的神启在针叶上闪烁
传达宇宙使者将于此地降临的讯息
我知道每一次幸运和怪异
都会寻找荒漠深处　大陆犄角
我禁不住回忆天上排成一行的雪茄
回忆指向东南的一次红色运行

神迹如果陪伴了孤单童年
人的一生将再也不得安宁

有些话要在此地炫示和诉说
有些恶鬼要在绿阴下喘息着杀死
当秋霜洗白了无花果的日子
美意会像浪涌一样层层叠叠
匀细溜长的孩子无歌的时节
卷毛大嘴兽正在朝西的路上纵声大笑
等鹅卵真的变成了石头
我也要在林中燃一堆篝火将其烧熟
蓬蓬蓬蓬　汽车呼喊着来了

我总是忘记这里没有铁路

7

我一直不愿吐露对风的感想和怨恨
它驻足之地也常常是悲苦之地
在风的下面总安葬了忙碌的历史丑角
他们听不见哗哗溪水冲涮沙子
我说过松林是茫茫少女　也是男人
死亡也埋不下他们大洋般的热烈
星辰注视变幻中的不同性别
让它们在摇动中化成茫茫少女
又在伫立中变成少言寡语的男人

午夜丛林就这样抒发着悲痛和微微欣喜
死者和生者的欢爱在千枝万桠上呻吟
怦怦心跳升降在繁星的垂丝上
冷月被旷野的莽汉一次次击打
孤苦无助的生命站在群居的悬崖上
忆想一亿年前整片大陆的迁徙
那时有一道光像通天利剑劈开坚实的板块

食草巨兽一失足跌入烟海
那时黑夜里是一片奔跑的呼声
皓齿明眸的少女和昏睡的王子一齐醒来
刚刚伸手就碰到了泥土的抽搐

他们恐惧中捧住一本黑色的书
悄悄对视　把它贴紧胸口
风声和雨声粉碎了窃窃私语
到处是黑色蝴蝶花瑟瑟抖动
一霎时这里再没有无聊和惬意的行走
所有人都久久站立　然后生下根

风啊　风是神灵数来数去的手
风的下面是它遣来遣去的子民
吹拂着送来一些生命
吹拂着送来一些死亡

8

你携一只大口袋拾取塔形球果
汁水渗流染透苗条的粗衣

一头扑进又粘又湿的北方犄角
松脂浓得既无法化开又无法吞食
被夜染黑的生灵一世都不得变白
被泪水洗白的眼睫永生都像成熟的麦芒
这儿到处都是松脂与甘杏的香味
这儿满地都是时分时合的流水
你的额头上是一团多么亮的光
细腰少年争着去吻那片光洁

剖开沙子就露出膏壤和泪水
人要跪在地上修复心头的创伤
我们在黑夜默念黑色友人的诗句
交换着子夜里冰凉的窗棂
到底是什么木质做成了这么多格子
又是谁的手将它细细打磨
每个世纪里大概都有这样的访问
每一座城门上都响过这样的叩击
今夜我为你披上过冬的蓬松棉衣
遮去这烤红薯一般灼热的肌肤

我们手牵手一起结识和丈量
去寻找林莽间那个不息的源泉

原来这苍茫一片只为了藏下一枚贝壳
原来大陆架只为了把眼泪送入海洋
无边的寻觅不能停歇的挖掘
一心要在沙末中找出一块砌造的石头

天亮时分我开始吸吮一只烟斗
吐出的是蓝色多情的愁绪
当它袅袅汇入高空云霭
我已走进一群多思的男人中间

双脚突然一阵钻心的疼痛
我的踝骨生出了红褐色的根须

9

此地有这么多难以移动的兄弟
所以再不能跟随你的风声与歌声
时至今日才明白它们才是同类
是宿命　也是笼罩的自我
滂沱大雨每一场凶猛的洗涮
都给我留下伤残和新生

阳光镀亮了紫铜管里的歌声
你在另一个半岛上遥遥地倾听
也许两个半岛合到一起
就会收获一个椭圆形的大陆
来吧　我在贫穷无告时声声呼唤
邀集那些无处落脚的游魂

有一年天上撒下一把多余的石块
宙斯把厌弃的生灵往这里投放
卑微与落魄在此地苏醒和转生
让这里成为异类的国度
我用全部的生命颂扬那些异类
直到欢歌耗尽我的终生

掘遍黄沙　砌造的石头终于找到
它们堆放一起像个荒冢
其实天上人间都有同一种顽石
独裁者无法将它们砌为城堡
它们只会是一粒一粒的种子
或生发　或坚硬地存在

黑色的蝴蝶花是祭奠之花

它们在松林里一次又一次点燃
神灵自己栽种这幽暗的火
把它们摆上了另一个世界的台阶
我站在台阶上再一次发出邀请
请你来踏这条世人恐惧的小径

10

我要说　这不是预谋集合的群体
而是适应了河潮土与季风的树种
毗邻的是浩浩海洋
是千古一帝发出的那声叹息*
我来了　我在它们中间
来寻找燧石和铁
我在屏息静听中握紧了双拳
茺发被静电击打得蓝花闪烁
我的眼睫上流动着金色火练
周身涂满透明的沙子　双臂正淌下溶岩
我的目光紧紧盯视挺立的长矛
直到最后一刻　直到四方回响

* 秦始皇三次东巡，过黄陲时曾射大鲛、仰望海中“三神山”。

你还是一个轻手轻脚的孩子
舌尖在齿间游动
春光被你舔得尖叫一声缩回
逃去时两手摆动如同一只蜂鸟
你迟早变为一棵最幼小的松树
迟早化为一根苍枝
最后又冒出钢蓝色的光焰
让水跳起来嘶叫

你入睡前还会想念妈妈
会馋她做的马齿苋春饼

有人念天地之悠悠怆然涕下
天地就这么一闪一闪过去了
大地上有过多少林子啊
大地上走过多少魅力无穷的人啊
松林扯紧大地衣襟诉说不止
直到暮色来临紧紧相依
这里是再生的奴隶在高举手臂
不信就听这隐隐的声音
这里有刀子和谷粒　有弓
只是没有一滴润喉的酒

鼓声迎着浪涌一阵阵敲打
再侧耳寻找呜咽的号角
古老的绳索与鞭子一起投入崖下
蹄音错杂震破了大地的耳膜

飓风掠过树梢和海浪
我在此刻触摸着你

让我自己说出那句话吧
说出那句直白得致命的话吧

一九九九年五月四日一稿

一九九九年七月十日二稿于万松浦

饥饿散记

古老的故事如果没人倾听
一直揪紧的风筝也会断线

让春天的风筝牵上人奔跑
让人和风筝一起飞翔

人仍然不能忘记老故事
尽管它有时不让人愉快

榆树

老人最感激的不是她的亲人
不是任何人
也不是什么思想
更不是乡间艺术
她只把铭心刻骨的感谢

留在后院
后院的某个角落
那里有一棵半死的苍榆
如今因为将死而努力繁衍
刚刚成年或幼小的子孙
呼啦啦挤满半个院落
春风吹来
最小的重孙笑声朗朗

惊人的繁衍逼近了小屋
一夜间根须穿过墙基
老人一大早醒来
看着床前破土而出的叶芽
这是她拥有的幸福时刻
她在它面前蹲下

她像它这般幼小
经历的是饥饿的折磨
就像焦渴中盼一滴水
祖母在盼一粒粮食时死去
所有的亲人死去之后
她靠吞食泥土长大

她最懂得泥土的气味
特别是深部埋着姜石的褐土

当她长得更大更大
她开始吃草
她梦见自己变成了一只羊
狂喜地奔向渠边青绿
她最迷恋槐叶和它的花朵
她与蜜蜂争夺花朵

几乎所有人都死了
所有的人都找不到墓地
她吃过了槐花又吃树皮
树皮屑末中掺了一点土
她越来越厌恶土的气味

记得祖母在世时抚摸那棵榆树
让孙女最后的时刻再来找它
她知道这样的时刻到了
她吃掉了它的叶子

她吃榆树的嫩茎

吃一点苍老的皮
她知道美味的树皮剥尽
它就会先于她而死

她用了许久时光才吃掉它的半边
然后剖开泥地
顺手把柔细的黑土抹到嘴里
再咀嚼多汁的树根
一生一世最难忘记的
就是榆树根的芬芳和甘甜

整个冬天她都嚼着树根
等待春天的嫩芽
槐花终于又开了
蜜蜂又来争夺了
她的嘴被蜜蜂蜇肿了
她知道自己活过来了

失传的酒

红薯根和高粱屑

一点植物的藤蔓和药材
一种奇形怪状的陶器
它们叠在一起就开始造酒

是为数不多的一些老人合计着
是他们每年秋天合计着造酒

这是真正的故乡美酒
浪子常常把它携入深山
一壶酒就能换来一个美人
一场豪饮就会化解世仇
这里再没有其他记忆
只有关于酒的传说
这里没有任何财富
只有美好难舍的沉醉
一切故事都是酒的故事
一切都用杯子陶碗葫芦量取

一个妇人安然入睡
在梦中自语和微笑
那是因为她忘却了日子
那是因为她饮过了酒

狐狸和黄鼬以及村中生灵
都带着熏人的酒气懒洋洋走过
春天的歌唱起来就不能停歇
春天是小村人齐开酒坛的季节

有人已经是第三天空腹饮酒
有人已经是长醉不醒
直到没有了粮食也没有了酒
没有了孩子也没有了老人
死寂的日子还在继续

平原上长出庄稼
庄稼旁全是坟墓
小村里再也没有了酒香
酿酒的老人全都走了

食土者

都预言唯有他能够生还
就把怀中的孩子托付给他
人们亲眼见他食过黄土和白土

还食过肥得流油的黑土

掘土　掘这片无边的膏脂
它把逼人的甘味藏到种子里
它自己就有最深长的甘味
可惜只有一个人学会了品咂
他们看他掘开浮土和松土
挖出下面最黑最亮的部分
然后是悉心捏成长条
然后是从一端吃起

棉花

它曾经是美丽的花
未结出汁水丰盛的果实
可是它像母亲一样温暖
让人在寒冷中依偎

一个人在最恐惧的时刻
伸出双手揪住了它
它当时是一床被子

一个人大口吞食它
从早晨噬咬到黄昏
午夜的钟声刚刚敲过
这个人停止了咀嚼

永远的追赶

是人追赶影子还是影子追赶人
是人的影子还是陌生的阴影
那索索颤抖的是生命还是其他
为什么总有一条线连在心上
为什么总是揪得生疼

逃离之路漫长崎岖
人趴在地上永不再起
人用死亡回告了大地母亲
人用沉寂传达了最后一次抗议

可那影子还是追赶不休
直把人追到悬崖
人若止步　它就缓缓爬来

它不是咬住人的喉咙
而是攫住人的腹部
然后再俘获整个生命

挖掘

她的目光垂落在哪里
你就在哪里剖开地幔
有什么循着矿脉游走
你的追逐已经力尽气竭
你交付的是全部希望
她回应的却是死亡的焦渴

你一次次撕破了自己
让鲜血和汗水一起淋漓
永恒的清泉悬在唇边
可是死亡才能让你餍足
于是你喜泪长流发出嘶喊
一刻不停走进无边的黑夜

在黑色幕布的另一边

挖掘的喘息吹落了云朵
这是一场生与死的接力
这是催逼死亡的焦灼
世上再没有更大的魔法
像它一样顽固与莫测

她的目光落在哪里
你就在哪里剖开和击打

人世间只有一种力量
只有死亡才能把你阻止

想

脑海深处右半部有根藤
它正慢慢干枯发白
它的颜色就像正午阳光下苍白的火
那阳光对一切不理不睬
阳光比山脉和水心肠更硬

发白的藤栽在思念和想象的火上

火窥视着阳光一刻不停地燃烧
水与土都烤成了焦饼
火还是炽烈急躁地蹿跳
这根藤永远不知道火的渴望
不知道火到底要什么

想念和思念才是一把火
绿色的藤把根脉扎错
烧啊烧啊烧啊烧啊
绿色的藤正在变白
白得像炭火上蜕下的屑末
白得像没有光泽的银子

离它有多远

从第一个黄昏到柳树那么远
远得像通往小城的泥路
像大山最高处的喊声
飘落到拥挤无风的巢穴旁
它像一只手臂那么长
长得真是遥不可及

长得像早晨和傍晚的目光

距离变得饥肠辘辘
坐上飞车也难以追逐
远行人不得不备下一块糕饼
它的颜色像太阳烤过的皮肤
像你那个夏天海上归来
像你含而不露的模样

此刻的食物能把距离缩为一寸
或者短到不能再短
你日夜吞食的是它的长度
而他正忙着给大海再添几滴泪珠
呼号驾着波涌抵达彼岸
你却一直站在黄昏的树下

这儿仍旧是一棵柳树
你第一次想要丈量的树
它在暮色中缓缓倒下
最后盯视着通往小城的泥路

最苦的叶子

问遍茫茫山岗和平原
我要寻访天下最苦的叶子
那肯定是一片有毒的叶子
它把威严和恐惧留下
谁不怕浮肿流血长眠不醒
谁就伸手采摘这片叶子

听说它曾毒死过一头犍牛
它长在海滨的一座沙岗下
那么就是它了　我梦中的食物
我用最后的力量去获取它
牙齿让大地失去了绿色
世界已被贪婪的牙齿细细咬过
唯有那一树岗下的叶子
正迎着烈日发出残忍的微笑

它垂挂的是一张通往冥府的证件
干枯的四野一声不吭
它这会儿挨近我灼热痒痛的面庞
被我恶狠狠咬了一口

苦辣惊心的味道让人失去了比喻

最后时刻我才想起了孔雀胆

送别

送一个美男子到远方

远得没有尽头

他因为与生俱来的美

临行前也没有找到伴侣

最后　现在　他去的地方没有光

那里呈现彻底的阴性

他有一头浅黑色的柔发

每年里有八九个月吞食野草

草叶使他的眼变蓝了

使他多少像个异邦人

还有越来越高的颧骨

越来越大的巴掌

细细高高真像一棵高粱

十月的风把他吹折了

因为他是最高的草本植物
他该上路了　随同别人
同行者成群结队
送别的人三三两两
留守者在大地上挖一个出口
每一锹土都让他们剧烈喘息

最后看一眼他没有血色的嘴唇
这里不曾被任何女性亲吻

出口和入口都敞开了
不知美男子是离开还是归去
反正是去远方
真正的远方

哭泣的柳树

它恳求他走过来
在焦干的荒漠上
它将赠他一串亮晶晶的泪珠

它在此地是唯一的树
而他是匆匆赶来的路人
一个比一个更孤单
一个比一个更贫穷
只不过一个独守了二十年
另一个奔跑了二十年

他真的朝它走来
然后一头扑到它的身上
他在低低呼叫
揪住细嫩的枝丫一阵猛咳

它浑身颤抖
它痛得哭了

化学

春天脱下了老式棉袄
春天听到了一个词叫化学
它们用石臼和碾子化掉了
又用铁锅和火化掉了

人们学着把谷糠和玉米芯掺好
学着加进红薯梗和水
然后一切都投入蒸笼
揭开笼屉赶走白汽就露出了化学

平原上的人都开始吞食化学
这怪异的名称真难下咽
他们一边照镜子一边诅咒化学
镜子里的脸又大又圆

哲学

从老辈起就不记得有这种奇怪东西
尽管也见过火轮船和三眼枪
就像第一次见到收音机和手电筒
这一回又遇到了哲学
老人惊得不敢抽烟
一听人讲哲学就掉了火镰
据说哲学这物件到处都有
它硬得像石头香得像米饭
一天到晚都不能离开

它好比是水和瓜干
好比是天上的太阳碗里的糊糊

都说瓜干是内因水是外因
火和锅子是对立统一的两个方面
哪个村子不吵架谁不闹肚痛
真是矛盾无处不有无时不有
手心和手背就是正反两个方面
又对立又统一都在一只手上
加紧弄些瓜干就是主要矛盾
种韭菜收豆角都是次要矛盾

黑三月

不知几年前告别了这个月份的欢笑
最多的欣悦连接了最多的悲苦
翻腾的春水让人色变
赶不走的乌鸦一群群挤进院子
老人摸着泥碗上的裂纹
找到了走向归宿的去路
燕子一只也没有来

全村只剩下一条狗
月夜里只有一条狗的吠叫
它一声声催逼什么

三月里安静得让人心惊肉跳
三月里不该这么安静
三月里全是黑咕隆咚
三月里正等着掩埋什么

该掩埋的都掩埋了
用锹和手　用泪和心
黄土与天空一样颜色
手与黄土一样颜色
三月里不该这么安静
月夜里只有一条狗的吠叫

浸泡

因为坚硬和苦涩无法下咽
一切都必得浸泡
随处可见陶缸与瓷盆

浸泡着树叶海草和皮革
把苦味和毒味浸掉了
把无味的岁月吞食了

有一块奇妙的老皮革浸了十八天
搓洗得洁净而柔软
它在刀下变成纤细的白肉丝
烹炒青黄不接的苦柳叶
海草在午夜水中泛出噼啪气泡
闪烁着海怪阴暗的眼睛
老人在梦中与海草对话
说明天要试着浸泡一下鹅卵石

我等你

你说要等我到那一天
那又是怎样的一天

那一天你能在太阳下站起
能在山壑里发出呐喊

现在你只能匍匐着看我
最珍贵的礼物只是微笑
你的手摸不到我
你的目光伸得很长很长

那一天我们都能站起
那一天你能够爱我
现在还不行　现在
我们只能用目光深深地触摸

一九九九年五月十一日

无花果的花

之一

我的心的西北方
松林和白杨树阴下
射出的一箭之地
一朵无花果的花颤颤欲坠
这是家乡的安息之地
一湾水和一丛苍黑的植物
一捧破碎的松果

无花果的花藏匿无迹
松针刺穿天空四处张望
都市里的碎银被荡妇瓜分
远郊植起了南国的茶园
我循着母亲的目光漂流
走向平原的边缘
走向云雀精致的小窝

吸吮第一颗手植的葡萄
十指沾满了金色的野蜜
我的兄长在更远的东方
他消逝的目光追逐着一道轻烟
心中有一杯沸滚的酒
眼里有一片无边的荒

我扯紧这座砖砌的帐篷
就像捂住了童年的衣裳

之二

盲人看见苞朵薄嫩娇羞
绽放时伴着金属的鸣响
密匝匝的黑眼睫合而又分
一次次收拾晨露的垂落

一片漆黑里唯见蕊蕾
丝绒的姐妹屏息静气
幽深的香味难以闭锁
幸福让人泣哭得哽咽

只有我在洞穿和窥视
手在果实上推敲抚摸
无愧于大地的丰盛多汁
酿成的酒使宇宙巨人微醺

无法采摘无法佩戴胸前
只能从边缘覆挂下来
含而不露绚丽逼人
生命甘饴难以品咂
这是盲人独自享用的花
是深夜里　食的绿色球果

之三

我总是一遍遍说到丝绒
说到它粉红色的衬里
掰开果实的圆壳
经受一次残酷的撕裂
冥思苦想那个绽放的时刻
那惊人的膨胀和怒发冲冠
有人一千遍歌颂众所周知的花王

可是甘甜如蜜的蓓蕾谁也看不见

最后佩在王冠上的
是滴血的紫色钻石
当粗大的手指触动了萼与蒂
少年在一旁嘶哑大叫
有什么扑棱棱惊飞了
云层后面传来了扇动翅膀的声音

一把三弦琴不停地弹拨
遥远边地上独坐一位盲人
他珍藏的是一朵花
一朵只有他才能看见的花

之四

为了躲避贪婪的吞食
美丽学会了敛声息口
那些激动包裹了永久的黑夜
就像包裹了再生的种子

它的果实孕育着生命的形状
是一次成功的藏匿
从诞生的一刻就在计划逃亡
无形的彼岸谁也不能抵达

有一种声音可以射穿万里尘埃
在你的隐秘里扎下根须
它把垂挂的花丝一束束扎起
然后又是盘结和浸润

没有一丝声息的午夜
星辰听到了回忆的露滴
在一片不可胜数的草芒上
又开始了一万次诞生和消失

蓬蓬原野向昨夜隆起
向日葵是白光的兄弟姐妹
饮下的是时光怜惜的酒
是你隐而不彰的激情之光

我拥有了你并紧握掌中
我是一个永生的盲少年

二〇〇二年二月十三日

万松浦书院大门　　田恩华摄

家住万松浦

1

是流星也是一把漂泊的种子
一瞬间把人间的伤感携走
让人在午夜变得倍加苍凉
让人在一枝松叶下屏息静听
听灵魂里那只善良无奈的老狗
怎样发出声声叹息

它注视远方那条虚无的线
看一只叫“然而”的轮船启航
螺旋桨把中年的浑水犁开一道白练
击打出无数的激动和绽放
一些记忆掺进朵朵银花
抛向无边的黑夜和白天

2

老狗嗅着繁星呼吸
闭上眼睛想念遥远的北方
那儿的纤草香气四溢
大雁排成一字祝福万物
或排成人字书写云端的发现
邈远中慈祥的先知照料大地
爱抚人类多灾多难的故园

那把割伤食指的镰刀叫童年
那座搬来移去的帐篷叫青年

3

种子萌发成一片密植的毛发
它遮住了时光的脑壳
河畔深处有阵阵钟声传来
新筑的青色屋檐悬挂玉米
紫红色的高粱在碾盘上张望
一颗颗金光闪闪的童眸

引来一大群老祖母的鸽子
她把它们放飞的那一刻
正是太阳微微偏西的时辰
瞧平原上的孩子真的长大了
他们把头发削得短而又短

4

一大早就商量养鸡
忘记了咕咕沸滚的煎茶
老友衔着胶木烟斗走来
脚上沾了泥沙和雏菊花瓣
听听潮汐之声吧　听听海讯
生命之水今天如此新鲜
远处的港口有渔夫和水手在喊
薄雾正掩去了岛上的老槐
大海深处迷漫着梆子的响声
那是林中带翅的老友在忙碌

小蓟花这会儿开得像童话一样
在屋旁漫成粉粉的一大片

5

谁牵动灵魂的风筝一路游走

把那颗宿命的种子播下沃土

我们张望着一声不吭　掩住欣喜

盯视这缓缓流逝的午后时光

听梆子敲得一阵紧似一阵

看十万棵松树垂下男性的目光

心爱的想念像苫草长须飘洒

夹放银杏叶的诗章就在手边

南来北往的蓑衣藏下声声吟哦

又被针叶植物悉数收起

6

春天等来淅淅小雨

把四十多个冬天慢慢洗涤

人的岁月从此焕然一新

对大地诉说激越的心情

沙岸是人间最洁净的一片领土

每一寸风都洋溢着渴念

鸥鸟翩翩聚会之期又来了
蜜蜂姑娘蹙着眉头传授花粉
一个动人的口讯正连夜穿越大洋
这会儿携着阵阵熏风登岸

听听屋檐下清脆的溅水
请记住这响了一夜的声音

二〇〇三年三月九日于龙口

张炜文学年表

编者：张洪浩　姚恩河

1956 年

11 月 7 日，出生于海滨丛林。原籍山东省栖霞县，因社会动乱，全家自 1940 年代初由龙口市迁入渤海湾畔的海滨丛林。

1970 年

入丛林附近的联合中学读初中。

参与油印校园刊物《山花》的编辑工作，并在《山花》上发表散文。

1972 年

未能升入高中。自本年度起，在栖霞和整个胶东半岛地区断续游荡数年，直到 1978 年考入烟台师专。

1973年

6月，在龙口完成短篇小说《木头车》。

入高中。继续尝试写作短篇小说、诗歌、散文、戏剧等。

独自到南部山区拜见一位老琴师学琴，拜见一位地方报纸通讯员学写作，皆有获益。

1974年

去龙口北部渤海湾中的桑岛短期居住，探究岛上渔民生活。

6月，在龙口完成短篇小说《槐花饼》。

1975年

8月，在龙口完成短篇小说《小河日夜唱》。

9月，在龙口完成短篇小说《夜歌》。

冬，在龙口完成短篇小说《他的琴》。

本年，在山东人民出版社出版的某书中发表长诗《访司号员》。

1976 年

在龙口完成短篇小说《钻玉米地》《锈刀》《铺老》《叶春》《槐岗》。

在栖霞完成短篇小说《开滩》《造琴学琴》《石榴》。

1977 年

4 月，在龙口完成短篇小说《玉米》。

5 月，在栖霞完成短篇小说《蝉唱》。

12 月，在栖霞完成短篇小说《战争童年》。

本年，在栖霞还写有短篇小说《公羊大角弯弯》《在路上》，在龙口写有《下雨下雪》等。

结识胶东作家林雨、王润滋。

1978 年

8 月，在栖霞完成短篇小说《田根本》。

8 月，考入烟台师范专科学校（鲁东大学前身）中文系。

12 月，在烟台改定短篇小说《在路上》。

本年，在烟台还完成短篇小说《人的价值》等。

结识作家肖平。参与创办校园文学刊物《贝壳》。

1979 年

2 月，在烟台完成短篇小说《悲歌》。

4 月，在烟台完成短篇小说《告别》。

10 月，在烟台完成短篇小说《初春的海》《自语》。

11 月，在烟台完成短篇小说《春生妈妈》。

11 月，在烟台写作短篇小说《达达媳妇》，12 月完稿。

本年，在烟台还写有短篇小说《老斑鸠》《善良》《七月》等。

1980 年

3 月，在《山东文学》第 3 期发表短篇小说《达达媳妇》，此系正式发表的第一篇小说作品。

4 月，在烟台完成短篇小说《操心的父亲》。

6 月，毕业分配到山东省档案馆工作，参与编纂《山东革命历史档案资料选编》（全 24 辑）。

8 月，在济南完成短篇小说《芦青河边》《深林》。

9 月，在《山东文学》第 9 期发表短篇小说《操心的父亲》。

10 月，完成短篇小说《桃园》。

12 月，在济南始写短篇小说《丝瓜架下》《永远生活在绿树下》。

本年，在济南改定 1976 年写的短篇小说《开滩》。

1981年

3月，在济南始写短篇小说《黄烟地》。

4月，在《柳泉》第2期发表短篇小说《芦青河边》。

4月，在济南始写短篇小说《看野枣》。

春，在山东龙口海滨采访渔民，搜集民间传说、拉网号子等。

5月，参加《青年文学》在青岛浮山所举办的“青年作家笔会”。

5月，在济南完成短篇小说《黄烟地》，始写短篇小说《天蓝色的木屐》。

6月，在济南完成短篇小说《丝瓜架下》《看野枣》。

7月，在济南完成短篇小说《天蓝色的木屐》。

8月，在济南完成短篇小说《两个姑娘和一个笑话》。

9月，在济南完成短篇小说《荒原》初稿。

9月，参与编纂的《山东革命历史档案资料选编》第一辑由山东人民出版社出版。

10月，在《泉城》第10期发表短篇小说《看野枣》。

10月，在《上海文学》第10期发表短篇小说《黄烟地》。

11月，在济南完成短篇小说《三大名旦》。

11月，在《泉城》第11期发表短篇小说《七月》。

12月，在济南完成短篇小说《女巫黄鲶婆的故事》。

本年，改写1976年写的短篇小说《钻玉米地》《造琴学琴》等。

1982年

1月，在济南完成短篇小说《古井》。

3 月，在济南完成短篇小说《声音》。

3 月，在《青年文学》第 3 期发表短篇小说《天蓝色的木屐》。

3 月，出席山东省作协举办的“张炜短篇小说讨论会”。

3 月，完成散文《我的开始》。

4 月，在济南始写短篇小说《山楂林》《拉拉谷》。

4 月，在青岛完成短篇小说《生长蘑菇的地方》。

4 月，加入中国作家协会山东分会。

4 月，完成散文《同情与惋惜》。

5 月，在《山东文学》第 5 期发表短篇小说《声音》（《新华文摘》1983 年第 5 期选载）。

5 月，在《北方文学》第 5 期发表短篇小说《踩水》。

6 月，在青岛完成短篇小说《山楂林》《夜莺》《踩水》。

6 月，在《青年文学》第 6 期发表短篇小说《生长蘑菇的地方》及创作谈《同情与惋惜》。

6 月，在《柳泉》第 3 期发表短篇小说《三大名旦》。

7 月，在济南完成短篇小说《拉拉谷》《紫色眉豆花》。

7 月，在《泉城》第 7 期发表短篇小说《古井》。

8 月 12 日，应邀结团去东北旅行，在沈阳、长春、吉林、哈尔滨等地参加多场文学报告会。

8 月下旬，在哈尔滨完成短篇小说《猎伴》初稿。

9 月 3 日，自哈尔滨飞回济南。

9 月 12 日，在济南完成散文《东北行》。

9 月，在济南市文学创作会议上发言，后整理为《谈谈诗与真》。

9 月，在《萌芽》第 9 期发表短篇小说《山楂林》。

10 月 8 日，在济南改定短篇小说《猎伴》。

10 月，在《北方文学》第 5 期发表短篇小说《踩水》。

11 月，在济南完成短篇小说《小北》。

11 月，在《泉城》第 11 期发表短篇小说《紫色眉豆花》。

本年，在济南改写 1976 年写的短篇小说《石榴》、1977 年写的短篇小说《公羊大角弯弯》。写作短篇小说《第一扣球手》。

本年，短篇小说《看野枣》获《泉城》文学奖、《山东文学》小说奖、山东省政府文学奖，短篇小说《古井》获《泉城》文学奖。

1983 年

1 月，在《胶东文学》第 1 期发表短篇小说《深林》。

2 月，在济南完成短篇小说《泥土的声音》。

2 月，在《山东文学》第 2 期发表短篇小说《两个姑娘和一个笑话》。

2 月，在《青年文学》第 2 期发表短篇小说《拉拉谷》及创作谈《在肯定与否定之间》（《小说选刊》第 6 期选载）。

2 月，短篇小说《声音》在中国作家协会举办的 1982 年全国优秀短篇小说评选中获奖。

3 月，完成散文《让我寻找》《那条河》。

3 月，在《青年作家》第 3 期发表散文《答 < 青年作家 >》。

3 月，始写中篇小说《秋天的愤怒》。

3 月，加入中国作家协会。

4 月，在济南完成短篇小说《草楼铺之歌》《秋雨洗葡萄》。

4月，出席山东省作协举办的烟台文学座谈会，发言后整理为《古朴之美》。

4月，出席济南文学讲习所讲座，发言整理为《文学七聊》。

春，参加中国作协在河北省涿县举办的“第二届农村文学题材创作研讨会”。

5月8日，完成散文《开拓和寻找》。

5月，在济南完成短篇小说《一潭清水》。

5月，短篇小说《猎伴》收入《鹭岛之鹭》（小说报告文学合集）由山东人民出版社出版。

6月，在济南完成短篇小说《挖掘》。

6月，在《泉城》第6期发表短篇小说《第一扣球手》。

7月24日，在黄岛完成中篇小说《护秋之夜》。

7月，参加《柳泉》举办的“黄岛笔会”。

7月，始写中篇小说《秋天的思索》。

8月，在《小说林》第8期发表短篇小说《丝瓜架下》。

8月，在《山东文学》第8期发表短篇小说《秋雨洗葡萄》。

8月，获奖短篇小说《声音》收入《1982年全国优秀短篇小说评选获奖作品集》由上海文艺出版社出版。

9月5日，在《语文报》发表随笔《热爱大自然》。

10月，首部短篇小说集《芦青河告诉我》由山东人民出版社出版，所收作品为1980—1983年创作的小说。

11月24日，在济南完成短篇小说《篝火》《胖手》《灌木的故事》。

11月，在《北方文学》第11期发表短篇小说《挖掘》。

12月，在《人民文学》第12期发表短篇小说《草楼铺之歌》。

本年，短篇小说《拉拉谷》获中国青年出版社“1983年度文学创作奖”。

1984 年

1 月 2 日，完成随笔《讨论“浪漫”》《批评与灵性》《情绪》《不同的小说》《它像磁石》《为了那片可爱的绿色》。

1 月，在《大众文学》第 1 期发表短篇小说《胖手》《篝火》《桃园》。

1 月，在《新港》第 1 期发表短篇小说《灌木的故事》。

1 月，在《小说林》第 1 期发表短篇小说《女巫黄鲶婆》。

1 月，在《山东作家通讯》第 1 期发表随笔《也谈“古朴之美”》。

1 月，短篇小说《蝉唱》收入《娜娜与黑黑》由山东少儿出版社出版。

2 月，在《海鸥》第 2 期发表短篇小说《秋林敏子》。

3 月，在《江城》第 3 期发表短篇小说《永远生活在绿树下》及创作谈《为了那片可爱的绿色》。

4 月，在《小说家》第 2 期发表中篇小说《护秋之夜》。

4 月，在威海文学讲习所演讲，后整理为《你的树》。

4 月，在《小说家》第 2 期发表短篇小说《护秋之夜》。

4 月，在《鸭绿江》第 4 期发表短篇小说《小北》。

4 月，在《松辽文学》第 4 期发表短篇小说《泥土的声音》。

5 月，在《文汇月刊》第 5 期发表散文《山路》。

5 月，短篇小说《拉拉谷》获 1982 — 1983 年首届《青年文学》创作奖。

6 月，在北京改定中篇小说《秋天的思索》。

6 月，在济南始写长篇小说《古船》。

7 月，在《人民文学》第 7 期发表短篇小说《一潭清水》（《新华文摘》1985 年第 4 期选载）。

7 月，在《山东青年》第 7 期发表短篇小说《野椿树》。

7月，完成中篇小说《你好，本林同志》。

7月，调任山东省文联创作室专业作家。

8月，在《文汇月刊》第8期发表短篇小说《黑鲨洋》（《新华文摘》第11期选载）。

10月，在《泉城》第10期发表随笔《关于文学创作的几个问题》。

10月，在《青年文学》第10期发表中篇小说《秋天的思索》。

11月，小说集《芦青河告诉我》（修订本）由山东文艺出版社出版。

12月8日，完成随笔《阳光》《像写信一样》《长篇估》。

12月，在《人民文学》第12期发表短篇小说《海边的雪》（《小说月报》1985年第2期选载）。

1985年

1月，在《山东文学》第1期发表短篇小说《剥麻》《蓑衣》。

2月，短篇小说《一潭清水》在中国作家协会举办的1984年全国优秀短篇小说评选中获奖。

2月，在《当代》第1期发表短篇小说《红麻》。

2月，在《山东画报》第2期发表短篇小说《烟叶》（《文学大观》第5期和《小小说选刊》第5期选载）。

2月，在《山东文学》第2期发表创作谈《她为什么喊"大刀唻"》（《评论选刊》第5－6合刊选载）、随笔《开端》。

2月，在《青春》第2期发表随笔《冷静思》。

3月，在《小说导报》第3期发表短篇小说《捉鱼的一些古怪方法》。

4 月 22 日，在《文汇报》发表随笔《短篇难写》。

4 月，在《山东文学》第 4 期发表短篇小说《少年与阳光》。

4 月，完成散文《明天的笔》《羞涩和温柔》。

4 月，在北京改定中篇小说《秋天的愤怒》。

5 月，在《小说选刊》第 5 期发表随笔《维护美好的东西》。

5 月，在《人民文学》第 5 期发表短篇小说《烟斗》。

5 月，在《上海文学》第 5 期发表随笔《致李杭育》。

6 月 1 日，在采访途中参加青年文学集会，发言整理为《心中的文学》。

6 月 24 日，获共青团山东省委授予的“新长征突击手”称号。

6 月，在《收获》第 3 期发表中篇小说《你好！本林同志》。

7 月 5 日，完成中篇小说《童眸》。

7 月，在郯城完成中篇小说《黄沙》。

7 月，在《上海文学》第 7 期发表短篇小说《夏天的原野》。

8 月，参加山东作协的长篇小说讨论会。

8 月，赴山西参加首届“黄河笔会”，游五台山、大同、忻州等。

8 月，在《当代》第 4 期发表中篇小说《秋天的愤怒》（《新华文摘》1986 年第 2 期、《中篇小说选刊》1986 年第 3 期选载）。

9 月 20 日，完成随笔《案头工作》等。

10 月，在《小说评论》第 5 期发表随笔《致雷达》。

10 月，在《中国作家》第 5 期发表中篇小说《童眸》。

10 月，获奖短篇小说《一潭清水》收入《1984 年全国优秀短篇小说评选获奖作品集》由作家出版社出版。

11 月，在《柳泉》第 6 期发表中篇小说《黄沙》。

11 月，参加山东省作家协会举办的“张炜中篇小说《黄沙》讨论会”。

本年，短篇小说《声音》获济南市政府文学特别奖。

1986年

1月，完成散文《水手》《男人的歌唱》和随笔《现实的真诚》等。

2月，在《山东画报》第2期发表散文《烟台有肖平》。

3月，在《小说选刊》第3期发表随笔《一点感想》。

3月，在山东大学“文学沙龙”演讲，整理为《大学的文学》。

4月，短篇小说集《浪漫的秋夜》由中国青年出版社出版。

5月，在《太湖》第5期发表短篇小说《荒原》。

6月，在《明天》第2期发表中篇小说《葡萄园》。

6月，在《胶东文学》第6期发表随笔《关于乡土》。

7月，长篇小说《古船》定稿。

8月，在《文学自由谈》第4期发表随笔《南山的诱惑——兼谈<秋天的愤怒>》。

10月11日，参加在河南郑州举办的第二届“黄河笔会”，其间演讲《沉浸到艺术之中》。

10月，在《当代》第5期发表长篇小说《古船》。

10月，在《胶东文学》第10期发表短篇小说《原野的精灵》。

10月，完成诗歌《你入海的时候》。

11月18日，出席山东省宣传部、省作协、省文学研究所、省文学创作室、《文学评论家》等单位联合在济南召开的《古船》讨论会，20日结束。

11月27日，在北京人民文学出版社《古船》讨论会上发言，后整理为《生命的流淌和保存》。

12 月，在济南始写中篇小说《海边的风》。

12 月，中篇小说集《秋天的愤怒》由人民文学出版社出版。

1987 年

2 月，短篇小说集《秋夜》由中原农民出版社出版。

3 月 21 日，在《文艺报》发表随笔《超脱 · 责任心 · 哲学 · 现代意识》。

3 月，在《胶东文学》第 3 期发表评论《迷人的和瑰丽的》。

3 月，在北京完成短篇小说《持枪手》。

4 月，在济南完成中篇小说《海边的风》。

4 月，中篇小说集《秋夜》由中原农民出版社出版。

6 月，在《钟山》第 3 期发表散文《让我寻找》。

6 月，在《胶东文学》第 6 期发表短篇小说《持枪手》。

7 月 23 日，在《文学报》发表“创作随笔三则”：《一种特别的健康》《案头工作》《冷与热》。

7 月，在济南完成短篇小说《美妙雨夜》《梦中苦辩》《橡树的微笑》。

8 月，长篇小说《古船》由人民文学出版社出版。

8 月，在《钟山》第 4 期发表中篇小说《海边的风》，随笔《苦恼》《你的坚韧和顽强》《文思》。

8 月，在《中国作家》第 4 期发表散文《安于回忆》。

8 月，长篇小说《古船》由人民文学出版社出版。

9 月 15 日，在济南完成中篇小说《远行之嘱》定稿。

9 月，随中国作家代表团出访西德，参加“波恩大学中国文学周”活动，历时二十天。其间，朗读《古船》第 17 章并回答记者提问。顺访东德。

10 月，在《文汇月刊》第 10 期发表短篇小说《美妙雨夜》《采树鳔》《激动》《梦中苦辩》。（《美妙雨夜》由《新华文摘》1988 年第 1 期选载）

10 月，《张炜中篇小说集》由中国文联出版公司出版。

11 月初，到龙口市挂职，任副市长。

11 月 20 日，开始口述《葡萄园畅谈录》。

11 月，在龙口始写长篇小说《九月寓言》。

11 月底，在济南完成中篇小说《请挽救艺术家》初稿。

12 月 23 日，完成散文《周末对话》。

12 月，完成诗歌《你歌下的东方》。

1988 年

2 月 16 日，完成随笔《缺少稳定的情感》《人体艺术》。

3 月，在济南始写中篇小说《蘑菇七种》。

3 月，开始长期旅居胶东，搜集研究民间历史资料和写作。

4 月，任山东省作家协会副主席。

6 月，在龙口改定中篇小说《请挽救艺术家》。

7 月，完成中篇小说《远行之嘱》。

7 月，中短篇小说集《童眸》由北京十月文艺出版社出版。

8 月，在《小说家》第 4 期发表短篇小说《橡树的微笑》《三想》。

9 月 9 日，在山东作协潍坊文学讲习所演讲，后整理为《开始以后》。

9 月，在龙口完成短篇小说《童年的马》、中篇小说《蘑菇七种》。

10月，在《人民文学》第10期发表短篇小说《冬景》（《小说月报》1989年第1期选载）。

10月，在《山东文学》第10期发表短篇小说《满地落叶》《童年的马》。

10月，在《上海文学》第10期发表中篇小说《请挽救艺术家》。

12月，在《十月》第6期发表中篇小说《蘑菇七种》。

本年，中篇小说《秋天的愤怒》获1986－1987年《中篇小说选刊》优秀中篇小说奖、青年益友奖，短篇小说《荒原》获“无锡国际青年征文金鸽奖”。

本年，完成短篇小说《我弥留之际》初稿。

本年，始写大河小说《你在高原》。

本年，在美国《世界日报》发表短篇小说《冬景》。

1989年

1月，在《青年文学》第1期发表短篇小说《我的老椿树》《问母亲》。

4月17日，在烟台文学创作会议上演讲，后整理为《激情的延续》。

4月18日，在烟台文学创作会议上演讲，后整理为《选择的痛苦》。

4月，《古船》繁体字本由香港天地图书有限公司出版。

5月9日，在《山东文学》泰安讲习班演讲，后整理为《读在泰山》。

5月，中篇小说《秋天的思索》获1984－1988年《青年文学》创作奖。

6月，在《山东文学》第6期发表随笔《读者的迷失》。

7月，在《人民文学》第7期发表中篇小说《远行之嘱》。

7月，长篇小说《古船》繁体字本由台湾风云时代出版公司出版。

8月，长篇小说《古船》获山东省青年文学奖长篇一等奖。

8 月，长篇小说《古船》获“青年益友奖”。
9 月，在《山东文学》第 9 期发表短篇小说《造琴学琴》《石榴》。
9 月，中篇小说《秋天的愤怒》获山东省首届泰山文艺奖一等奖。
9 月，在龙口参加花山文艺出版社文学讨论会。
10 月，完成长诗《海讯》。
10 月，在《时代文学》第 5 期发表随笔《周末问答》。
11 月，在《当代小说》第 11 期发表短篇小说《他的琴》《玉米》。
12 月，长篇小说《古船》获台湾年度“金石堂选票最受欢迎图书奖”。
本年，《古船》分别在香港天地图书有限公司、台湾风云时代出版社出版。
本年，任山东省徐福（市）文化研究会副会长。

1990 年

1 月，在《文学评论家》第 1 期发表随笔《大学的文学》《激情的延续》。
2 月，完成短篇小说《鸽子的结局》。
3 月 12 日，短篇小说《满地落叶》获 1988 — 1989 年《山东文学》小说创作一等奖。
3 月 14 日，出席济南市文联“深入生活”会议，讲《深入及突破》。
3 月，完成短篇小说《射鱼》《王血》《蜂巢》《绿桨》《夜海》《背叛》《穿越》。
4 月，在龙口完成短篇小说《酒窖》《羞愧》《孤旅》《旧时景物》。
春，完成长篇小说《我的田园》一稿。
5 月，完成短篇小说《唯一的红军》。
6 月，完成短篇小说《何时消逝的怪影》《植物的印象》。

9月，始写长篇小说《怀念与追记》。

9月，在《山东文学》第9期发表短篇小说《钻玉米地》《公羊大角弯弯》，散文《你的树》。

9月，早期作品短篇小说集《他的琴》由明天出版社出版。

秋，在龙口完成中篇小说《金米》、散文《枫叶》。

10月，完成诗歌《西部传说》。

11月18日，短篇小说《钻玉米地》在《联合报》发表。

11月，在《自由时报》发表短篇小说《梦中苦辩》。

11月，散文《默默挺立》收入《绿草地绿草地》由中国环境科学出版社出版。

12月，在《山东画报》第12期发表散文《火红的枫叶》。

本年，还写有短篇小说《阳光》《狐狸和酒》《头发蓬乱的秘书》《一个故事刚刚开始》《怀念黑潭中的黑鱼》《赶走灰喜鹊》《鱼的故事》《割烟》等。

1991年

1月，在《胶东文学》第1期发表散文《田野的故事》。

2月，在《小说界》第1期发表短篇小说《锈刀》《铺老》《开滩》《下雨下雪》《书房》。

3月，始写长诗《皈依之路》。

4月，短篇小说集《美妙雨夜》由上海文艺出版社出版。

5月，完成短篇小说《面对星辰》《一个人的战争》《夫人送我三个碟子》。

6月，中短篇小说集《张炜中短篇小说集》由人民文学出版社出版。

7月，始写长篇小说《鹿眼》。

8 月，始写长篇小说《海客谈瀛洲》。

10 月，始写长篇小说《人的杂志》。

12 月，在《山东文学》第 12 期发表随笔《刊物与新人与诗》。

12 月，长篇小说《我的田园》由江苏文艺出版社出版。

12 月，散文集《周末对话》由江苏文艺出版社出版。

本年，还写有短篇小说《仙女》《烧花生》《许蒂》《晚霞中的散步》《山洞》《书房》等。

本年，短篇小说《玉米》获《当代小说》奖。

1992 年

1 月，长篇小说《九月寓言》在龙口定稿。

1 月，在龙口始写长篇小说《荒原纪事》。

1 月，在《作家》第 1 期发表短篇小说《槐岗》《叶春》，散文《羞涩与温柔》《消逝的人和岁月》。

1 月，中短篇小说集《秋天的思索》由香港天地图书有限公司出版。

2 月，在《文学评论家》第 2 期发表随笔《谈短篇小说》《再谈长篇小说》《谈散文》《那时刻的激动、畅想和愤慨》。

2 月，在《峨眉》创刊号发表随笔《激情的延续》。

3 月，在龙口完成长篇小说《你在高原 · 西郊》（后改名《曙光与暮色》）初稿。

5 月，在龙口始写长篇小说《橡树路》。

6 月 15 日，在《文汇报》发表随笔《寂寞营建》。

6 月，在《收获》第 3 期发表长篇小说《九月寓言》。

8 月 8 日，在龙口始写中篇小说《瀛洲思絮录》。

8 月 16 — 26 日，在龙口完成散文《融入野地》。

9 月，在《山东文学》第 9 期发表短篇小说《石榴》《造琴学琴》。

12 月，完成短篇小说《提防》。

12 月，在龙口始写长篇小说《无边的游荡》。

12 月，获中国作家协会、中华文学基金会“1992 年度庄重文文学奖”。

本年，中短篇小说集《秋天的思索》、长篇小说《古船》由台湾风云时代出版社出版。

1993 年

1 月，在《上海文学》第 1 期发表散文《融入野地》。

1 月，在《文艺百家》第 1 期发表短篇小说《四哥的腿》《晚霞中的散步》。

1 月，在《当代散文》创刊号发表散文《人生麦茬地》。

2 月 10 日，完成随笔《诗人，你为什么不愤怒》，此作在“新人文精神讨论”中引起争论。

2 月，在《小说界》第 1 期发表中篇小说《金米》。

2 月，在《当代作家评论》第 1 期发表随笔《关于〈九月寓言〉答记者问》。

2 月，在《峨眉》第 1 期发表长篇小说《我的田园（上卷）》。

2 月，在《天津文学》第 2 期发表短篇小说《消失在民间的人》《武痴》《四哥的腿》《密友夜谈》。

2 月，在《广州文艺》第 2 期发表短篇小说《晚霞中的散步》《山洞》。

3 月，在山东省文学讲习所演讲，后整理为《精神的魅力》。

3 月，散文随笔集《散文与随笔》在山东文艺出版社出版。

4 月，在《峨眉》第 2 期发表长篇小说《我的田园（下卷）》。

6 月，在《文学世界》第 3 期发表随笔《源于土地和命脉之气》。

6 月，在《小说界》第 3 期发表随笔《抵抗的习惯》。

6 月，长篇小说《九月寓言》由上海文艺出版社出版。

8 月，5 卷本“张炜名篇精选”(分精装本平装本)由山东友谊出版社出版，包括《中篇小说精选》《短篇小说精选》《散文精选》《随笔精选》《问答录精选》。

9 月，完成随笔《九三年的操守》《心事浩茫》《冬天的阅读》等。

10 月 4 — 18 日，山东大学、山东师范大学、烟台大学、烟台师范学院联合举办“’93 张炜文学周”，其间多次参与座谈并致答辞。

10 月 31 日，在“齐鲁笔会”上演讲，后整理为《纯粹的人与艺术》。

11 月，在山东省作协文讲演讲，后整理为《冬令絮语》。

11 月，担任中国国际徐福文化交流协会副会长。

12 月，在《文学世界》第 6 期发表短篇小说《狐狸和酒》。

本年，长篇小说《九月寓言》由香港天地图书有限公司出版。

本年，长篇小说《九月寓言》获山东省优秀农村题材小说奖，短篇小说《造琴学琴》获《山东文学》奖。

1994 年

1 月，在济南完成长篇小说《家族》初稿。

2 月 4 日，接受济南电视台记者采访，后整理为《倾向和积累》。

2 月 14 日，完成系列随笔《域外作家小记》。

2 月，在《比较文学》第 2 期发表随笔《域外作家小记》。

2 月，春节期间，在龙口接待法国翻译家居里安 · 安妮一家。

3 月，在《小说家》第 3 期发表随笔《与大学生的马拉松长谈》。

4 月，在《长城》第 2 期发表中篇小说《西行漫记》。

4 月，在《小说家》第 2 期发表散文《沙岛纪行》。

4 月，长篇小说《怀念与追记》获 1993 年《广东文艺》文学奖。

5 月，短篇小说《消逝在民间的人》获 1993 — 1994 年《天津文学》优秀短篇小说奖。

6 月中旬，第二届上海“长中篇小说优秀作品大奖”揭晓，《九月寓言》获长篇小说一等奖。

6 月 23 日，在第二届上海“长中篇小说优秀作品大奖”颁奖会上发表感言，后整理为《非职业的写作》。

6 月，始写组诗《午夜半岛》。

7 月，在《读书》第 7 期发表随笔《时代：阅读与仿制》。

8 月 22 日，在龙口完成长篇小说《柏慧》。

8 月 28 日，完成系列随笔《八月手记》。

8 月，在《当代作家评论》第 4 期发表随笔《冬令絮语》。

8 月，在《收获》第 4 期发表散文《夜思》。

9 月 4 日，在《文汇报》发表随笔《再谈学习鲁迅》。

9 月，完成短篇小说《老人》初稿。

10 月 31 日，于“'94 齐鲁笔会”上演讲，题为《纯粹的人与艺术》。

11 月 13 日，接受上海电视台记者采访，后整理为《说“虚无”》。

11 月，散文《融入野地》获 1992 — 1993 年《上海文学》奖。

12 月 17 日，在淄博文学座谈会上演讲，后整理为文章《守望的意义》。

12 月，长篇小说《柏慧》由北京十月文艺出版社出版。

12 月，长篇小说《古船》获 1986 — 1994 年度人民文学出版社长篇小说奖。

12 月，中篇小说《秋天的愤怒》获 1986 — 1994 年度《当代》中篇小说奖。

本年，短篇小说《晚霞中的散步》获广州朝花文学奖，短篇小说《武痴》获 1993 — 1994 年《天津文学》奖。

1995 年

1 月 15 日，接受山东人民广播电台记者采访，整理为《心上的痕迹》。

1 月，在《山东文学》第 1 期发表短篇小说《背叛》《阳光》。

1 月，在《作家》第 1 期发表随笔《仍然生长的树》《激动人心的真实》《语言：品格与魅力》《感动的能力》。

2 月，长篇小说《九月寓言》获山东省 1994 年“精品工程”奖。

2 月，在《青年文学》第 2 期发表短篇小说《王血》《蜂巢》《绿桨》《夜海》。

3 月，在《文艺百家》第 3 期发表短篇小说《头发蓬乱的秘书》《造船》。

3 月，长篇小说《家族》定稿。

3 月，始写长篇散文《莱山之夜》。

4 月，在《收获》第 2 期发表长篇小说《柏慧》。

4 月，“新人文精神讨论”在全国激烈展开，与张承志并称为“二张”，备受肯定和争议。

5 月 11 日，在《文学报》发表长篇小说《柏慧》梗概。

5 月，在《当代散文》第 5 期发表散文《水手》《秋夜四章》《明天的笔》。

5 月，长篇小说《古船》由台湾风云时代出版公司出版。

5 月，散文随笔集《期待回答的声音》由明天出版社出版。

6月，在《钟山》第6期发表随笔《秋夜四章》《心灵上的痕迹》《倾向与积累》《伟大而自由的民间文学》。

6月，在《当代人》第6期发表短篇小说《造船》《一个人的战争》《善良》。

6月，随笔集“抵抗投降书系：张炜卷”《忧愤的归途》由华艺出版社出版。

6月，在长江“葛洲坝号”长江文艺笔会发言，后整理为《“多元”与学习鲁迅》。

6月，山东团省委、省文化厅授予“山东省十大青年文化名人”称号。

7月，完成阅读鲁迅的随笔集《荒漠之爱》。

7月，在《上海文学》第7期发表随笔《怀疑与信赖》，短篇小说《一个故事刚刚开始》《怀念黑潭中的黑鱼》《头发蓬乱的秘书》。

8月16日，完成散文《土地，慨叹之余》。

9月，在《长江文艺》第9期发表随笔《九十年代文学的现状与展望》。

9月，长篇小说《家族》由上海文艺出版社出版。

10月，《当代》第5期发表长篇小说《家族》，及随笔《心中的交响——与编者谈〈家族〉》。

10月，完成长篇小说《怀念与追记》（后改名《忆阿雅》）初稿。

11月1－5日，在山东威海参加世界“环境与文学”会议。

11月，完成随笔《一些怀念和感慨》《更多的忆想》《我的偏爱》。

12月6日，出席上海文艺出版社、文汇报等4单位召开的长篇小说《家族》讨论会。

12月，在《钟山》第6期发表随笔《明天的笔》《远逝的山峦与彤云》。

12月，长篇小说《家族》由《中华文学选刊》第6期选载。

12月，随笔集《生命的呼吸》由珠海出版社出版。

12月，短篇小说集《如花似玉的原野》由人民文学出版社出版。

本年，改定短篇小说《致不孝之子》。

1996年

1月，完成长诗《皈依之路》。

1月，散文随笔集《精神的魅力》由群众出版社出版。

2月，在《天涯》第2期发表散文《绿色遥思》。

2月，“张炜自选集”6卷本由作家出版社出版，包括长篇小说《古船》《我的田园》《怀念与追记》，短篇小说集《一潭清水》，散文集《融入野地》，随笔集《葡萄园畅谈录》。

2月，中短篇小说集《张炜小说精选》由太白文艺出版社出版。

2月，散文随笔集《纯美的注视》由上海远东出版社出版。

2月，中短篇小说集《远行之嘱》由长江文艺出版社出版。

3月5日，在《羊城晚报》发表随笔《野蛮的力量》。

4月，在《长江文艺》第4期发表短篇小说《致不孝之子》，随笔16篇，散文《纯粹的人与艺术》。

4月，随笔集《精神的丝缕——张炜的倾诉与欣悦》由上海人民出版社出版。

5月17日，在《联合报》发表随笔《说“虚无”——答上海东方电视台记者问》。

6月10日，在龙口完成中篇小说《瀛洲思絮录》。

6月，“张炜名篇精选”（增订本）5卷本由山东友谊出版社出版，包括《中篇小说精选》《短篇小说精选》《散文精选》《随笔精选》《问答录精选》。

7月，长达3000余行的长诗《皈依之路》分上下篇在《上海文学》《青年文学》第7期发表。

7月，小说散文集《张炜作品自选集》由漓江出版社出版。

8月中旬，受《美国文摘》邀请访问美国，历时两个月。其间参观纽约世贸中心及爱默生、艾略特、梭罗、惠特曼等名作家的旧居。《世界日报》《侨报》

等多家媒体报道并发表专访，《美国文摘》发表《二十世纪杰出华人作家——张炜》。

10月，在《钟山》第5期发表中篇小说《瀛洲思絮录》。

10月，日本放送出版《中国语讲座》开始推出张炜作品专辑，从第10期到12期共发表作品74篇。

10月，主编的《徐福文化集成》（全5卷）由山东友谊出版社出版，其中之四《东巡》全部是张炜关于徐福的原创小说。

10月，随笔集《心仪——域外作家：肖像与简评》由山东画报出版社出版。

10月，散文随笔集《激情的延续》由湖南文艺出版社出版。

11月，在龙口完成长篇小说《远河远山》。

12月，在《山花》第12期发表随笔《随笔四题》。

12月，短篇小说《致不孝之子》获《山东文学》齐鲁作家小说精品大展优秀作品奖。

12月，长篇小说《我的田园》获山东省精品工程长篇奖。

本年，在日本《中国现代小说》季刊第11卷第3号发表短篇小说《致不孝之子》。

本年，长篇小说《家族》由香港天地图书有限公司出版。

1997年

1月，随笔集《时代：阅读与仿制》由中央编译出版社出版。

2月，散文随笔集《纯美的注视》由上海远东出版社出版。

3月，3卷本散文随笔集《冬天的阅读》《大地的呓语》《羞涩与温柔》由东方出版中心出版。

4月，在《当代散文》第4期发表散文《安居的人生》《最美的笑容》《友谊》《如发的电缆》《葡萄与靴》。

5月，在济南完成长篇小说《你在高原·西郊》（《曙光与暮色》）二稿。

6月，在《莽原》第3期发表散文《美生灵》《蓬勃》《依赖》，诗歌《折笔之哀》，短篇小说《仙女》《唯一的红军》，文论《诗之源》。（《小说选刊》第8期选载《仙女》，《小说月报》第8期、《读者》第12期选载《唯一的红军》）6月，在《美国文摘》第6期发表随笔《我的创作——兼谈中国大陆新时期文学》。

6月，短篇小说集《致不孝之子》由山东友谊出版社出版。

6月，长篇小说《远河远山》由明天出版社出版。

7月，小说散文集《张炜自选集》由漓江出版社出版。

7月，在《美国文摘》第7期发表随笔《我的创作——兼谈中国大陆新时期文学》。

7月，诗集《皈依之路》由东方出版中心出版。

7月，短篇小说集《芦青河纪事》由山东文艺出版社出版。

8月，在《花城》第4期发表中篇小说《远山远河》。

8月，中篇小说集《瀛洲思絮录：张炜中短篇小说新作集》由华夏出版社出版。

9月，在《山花》第9期发表短篇小说《孤竹与纪》，散文《土与籽》，长诗《梦意》。

9月，完成散文集《凝望》。

10月，6卷本《张炜文集》由上海文艺出版社出版，包括长中篇小说卷4卷，中短篇小说1卷，散文随笔诗1卷。

10月，随笔集《激情的延续》在湖南文艺出版社出版。

10月，应韩中友协与日中友协邀请访问韩国和日本，并搜集《徐福在日本》一文资料。

11月，在《青年文学》第11期发表散文《美额之链》《安然与激越》《梦中的铁路》。

12月，在《山花》第12期发表随笔《匆忙搭起的布景》《尴尬》《可怕的陋习》《弱者、体面人、尊贵人》。

本年，完成长诗《半岛札记》。

本年，短篇小说集《激动》由中国青年出版社出版。

本年，《美国文摘》第6、7期发表随笔《我的创作——兼论中国大陆新时期文学》，在日本放送出版《中国语讲座》第10－12期发表散文《挖掘》。

本年，散文集《生命的呼吸》获新闻出版署颁发的1995－1997年全国城市图书奖，《张炜名篇精选》（增订本5卷）获山东优秀图书奖。所编著的《徐福文化集成》（6卷本）获山东省精品工程奖和优秀外宣奖。

1998年

1月，短篇小说《致不孝之子》获1996－1997年《长江文艺》优秀小说奖。

2月，散文《融入野地》收入蔡翔编选的“九十年代文学书系·主流小说卷”由社会科学文献出版社出版。

2月，在《大家》第2期发表系列散文《凝望——43幅图片的故事》。

2月，散文集《凝望——47幅图片的故事》由山东画报出版社出版。

2月，散文集《最美的笑容》由陕西人民出版社出版。

3月4日，完成散文《回眸三叶》《“幽默”之类》《徐福在日本》等。

4月6日，完成散文《一条有树的路》《八位作家待过的地方》《怀念》，随笔《小城春月——〈年末访谈〉》《倾吐和记录》等。

4月20日，完成散文《马颂》。

4 月，完成长篇随笔《闪烁的星光》。

4 月，在《青年文学》第 4 期发表短篇小说《在族长与海神之间》。

4 月，散文随笔集《齐鲁安泰：张炜语丝》由上海书店出版社出版。

4 月，长篇小说《九月寓言（修订本）》获中国作协、新闻出版署颁发的“全国优秀长篇小说奖”。

5 月，完成随笔《散文非作文》《心灵之果》等。

6 月，完成随笔《流动的短章》《感激之余》等。

6 月，在《天涯》第 3 期发表散文《马颂》。

6 月，在《百花洲》第 6 期发表散文《午夜采访》《八位作家待过的地方》。

7 月，散文集《黄河落日圆》由中国对外翻译出版公司出版。

8 月 24 日，在《济南时报》发表随笔《自己上路》。

9 月，散文随笔集《流浪的荒原之草》由浙江文艺出版社出版。

10 月 27 日，在《联合报》发表散文《山脉长存》。

10 月，访问台湾。

10 月，受日本神奈川大学邀请访日，未能前往。作书面发言《当代文学的精神走向》参加“国际圆桌会议 · 亚洲的社会和文学研讨会”。

11 月 7 日，访问香港大学并演讲，讲稿后整理为《术与悟》。

本年，《张炜小说选》由美国 Blue Diamond Publishing Corp 出版。

1999 年

1 月 25 日，完成长篇小说《外省书》初稿。

1 月，散文集《张炜散文》由华夏出版社出版。

2月，在《天涯》第1期发表随笔《当代文学的精神走向》。

2月，在《中国作家》第1期发表短篇小说《鱼的故事》（《小说选刊》第3期选载）。

2月，在《寻根》第2期发表系列散文《徐福在日本》七题：《正史与口碑》《佐贺》《新宫老人》《熊野》《黑瘦青年》《船队途经济州》《日本学者说》。

3月11日，在龙口接待德国学者提罗·蒂芬巴赫，回答关于创作的几个问题。

3月21日，在龙口完成《悲愤与狂喜——〈楚辞〉笔记》初稿。

3月，长篇小说《古船》由法国文化科学中心确定为法国高等考试教材。

4月5日，完成长诗《1999年的春天》。

4月15日，在龙口始写长篇小说《外省书》二稿。

4月，在《华章》第4期发表散文《簇拥和掩藏的九月》《获火》《世纪问答》。

4月，获国务院津贴。

5月，完成组诗《饥饿散记》等诗歌作品。

5月16日，在《文汇报》发表散文《运河谈片》。

6月1日，在济南完成系列散文《犄角，人事与地理》初稿。

6月2日，在龙口完成长篇小说《外省书》二稿。

6月11日，在济南始写《外省书》三稿。

6月20日，在济南完成《悲愤与狂喜——〈楚辞〉笔记》二稿。

6月24日，完成系列随笔《存在与品质》及散文《犄角，人事与地理》二稿。

6月29日，在济南完成《外省书》三稿。

6月，在《新华文学》革新号第6期发表短篇小说《赶走灰喜鹊》。

7月10日，完成长诗《松林》。

7月12日，在济南完成《悲愤与狂喜——〈楚辞〉笔记》三稿。

7月16日，在济南修订《外省书》，20日定稿。

7 月，在《山东文学》第 7 期发表“张炜小辑”，包括短篇小说《老人》，散文随笔《回眸三叶》《“幽默”之类》《一条有树的路》《学习马一浮》《林与海与狗》《雪路》《理性与浪漫》《稷下之梦》《失去了动词的名词》，组诗《饥饿散记》。

9 月，完成短篇小说《老人》定稿。

10 月，在《广州文艺》第 10 期发表散文《犄角，人事与地理》。

11 月，在《作家》第 11 期发表长诗《松林》。

11 月，作品集《当代中国文库精读：张炜》由香港明报出版社有限公司出版。

12 月，《亚洲周刊》评选“世界华语小说百年百强”，长篇小说《古船》入选。

12 月，国内举办“世界华文文学百年百种”，长篇小说《古船》入选。

本年，在日本季刊《中国现代小说》第 11 卷第 13 号发表短篇小说《一潭清水》。

本年，长篇小说《九月寓言》由台湾时报出版公司出版，中短篇小说集《逝去的人和岁月》由法国 Bleu de Chine 出版。

2000 年

1 月，在《山东文学》第 1 期发表随笔《区别和判断》。

2 月，完成随笔《有一个梦想》《悲观与喜庆之间》《回顾与畅想》等。

3 月初，应法国国家图书馆邀请出访法国。法文本短篇集《逝去的人和岁月》出版。

3 月 9 日，在法国国家图书馆演讲《想象的贫乏与个性的泯灭 —— 对世纪末文学潮流的忧思》。

3 月 12 日，在法国作家协会演讲《自由：选择的权力，优雅的姿态》。

3 月中旬，应意大利那不勒斯东方大学邀请访意大利。

3 月，在《创作》第 3 期发表随笔《悲愤与狂喜—— 读 < 楚辞 · 九歌 >》

4 月，在《焦点》4 月号发表随笔《我有一个梦想》。

5 月，在《青年文学》第 5 期发表随笔《悲愤与狂喜——读 < 招魂 >》

5 月，日本《螺旋》杂志第 5 期发表短篇小说《怀念黑潭中的黑鱼》。

6 月，随笔集《流动的短章》由作家出版社出版。

7 月，长篇小说《古船》作为“百年百种优秀中国文学图书”由人民文学出版社出版。

7 月，随笔集《〈楚辞〉笔记》由江西教育出版社出版。

8 月 20 日，在济南始写《突围前后——读域外现代画家小记》。

8 月，与汪稼明主编的文学杂志《唯美》第一辑由山东画报出版社出版。

9 月，随笔集《心灵的飞翔》（李运江绘画插图）由西苑出版社出版。

10 月，在《收获》第 5 期发表长篇小说《外省书》（《小说选刊》长篇小说增刊 2001 年上半年号选载）。

10 月，长篇小说《外省书》由作家出版社出版。

10 月，上海文学报、社科院举办“百名评论家评选九十年代最具影响力的十作家十作品”活动，张炜与长篇小说《九月寓言》双双入选。

10 月，长篇小说《古船》《九月寓言》入选北京大学《百年中国文学经典》。

10 月，长篇小说《九月寓言》获台湾时报出版公司好书奖。

11 月，由《中国文化报》评为“中国最受读者欢迎的作家”。

11 月，出访日本，在一桥大学演讲《我跋涉的莽野——我的文学与故地的关系》，在九州博多西南学院大学演讲《焦虑的马拉松——对当代文学的一种描述》。

12 月 24 日，在龙口始写长篇小说《能不忆蜀葵》。

12 月，由新浪网评为“中国十大最受欢迎作家”。

2001 年

1 月，在《作家》第 1 期发表随笔《焦虑的马拉松——对当代文学的一种描述》《我跋涉的莽野——我的文学与故地的关系》。

2 月，在《天涯》第 2 期发表随笔《满目新鲜》。

3 月 7 日，在《中华读书报》发表随笔《词语·故事·民族传统——长篇文体小记》。

3 月，《东岳文库·张炜》8 卷 10 册由山东文艺出版社出版，包括长篇小说《古船》（上下）、《家族》（上下），中篇小说集《海边的风》《蘑菇七种》《请挽救艺术家》《黄沙》《金米》《葡萄园》。

3 月，在《雪莲》第 3 期发表散文《张炜散文新作》。

3 月，完成随笔《远逝的风景（上篇）——读域外现代画家小记》。

4 月 10 日，在龙口完成长篇小说《能不忆蜀葵》初稿。

4 月 15 日，在《文汇报》发表随笔《特立独行者》。

4 月，在《作家》第 4 期发表散文《三诗人》。

4 月，在《雪莲》第 4 期发表《张炜诗歌新作》。

5 月 10 日，在济南完成《突围前后—— 读域外现代画家小记》。

5 月 18 日，在济南始写长篇小说《能不忆蜀葵》二稿。

5 月 25 日，在山东师范大学答大学生提问，讲稿后整理为《交流与期待》。

5 月，小说集《当代中国小说名家珍藏版·张炜卷》由文化艺术出版社出版。

5 月，短篇小说集《怀念黑潭中的黑鱼》由北岳文艺出版社出版。

5 月，中篇小说集《蘑菇七种》由南海出版公司出版。

6 月 3 日，在济南完成长篇小说《能不忆蜀葵》二稿。

6 月，在《当代作家评论》第 3 期发表随笔《从“辞语的冰”到“二元的皮”》。

6 月，在日本《螺旋》杂志第 6 期发表短篇小说《美妙雨夜》。

7 月 20 日，在济南修改长篇小说《能不忆蜀葵》。

8 月 11 日，在济南改定长篇小说《能不忆蜀葵》。

8 月，在《当代作家评论》第 4 期发表随笔《马拉松的胜者》。

9 月，随笔集《我跋涉的莽野》由春风文艺出版社出版。

10 月，在《小说家》第 5 期发表散文《校园忆》。

10 月，在《当代作家评论》第 5 期发表随笔《作家的出场方式》。

10 月，长篇小说《能不忆蜀葵》由作家出版社出版。

10 月，受台湾台北文化局邀请，做为期一月的“台北住市作家”。

10 月，小说集《鱼的故事》列“中国小说 50 强（1978—2000）”由时代文艺出版社出版。

11 月 18 日，在台湾《联合报》发表短篇小说《钻玉米地》。

11 月，随笔集《远逝的风景：读域外作家》由学林出版社出版。

11 月，长篇小说《外省书》由台湾联合文学出版公司出版。

11 月，长篇小说《我的田园》由漓江出版社出版。

11 月，完成长篇小说《我的田园》三稿。

11 月，《当代》第 6 期发表长篇小说《能不忆蜀葵》。

11 月，受梅耶基金会邀请，以作家代表身份赴法国里尔参加“第一届世界公民大会”，作《责任、理性和浪漫》。

12 月 1 日，在《世界日报》发表短篇小说《钻玉米地》。

12 月，完成诗歌《里尔里尔——记第一次世界公民大会》《从小于连到皇宫——布鲁塞尔街头》《从里尔到巴黎——一路风景及人物志》《粉细的雨——里昂小记》《高地丽城——卢森堡》《风车——荷兰小记》《科隆－波恩－特里尔》《东部乡野——去莱斯酒城》等。

12 月，在《当代》第 6 期发表长篇小说《能不忆蜀葵》。

12 月，法国 Poetiques Chinoises Daujourdhui 出版《张炜诗选》。

本年，法国 Editions De La Maison 发表随笔《选择的权利，优雅的姿态》。

2002 年

1 月，随笔集《张炜读本》由花山文艺出版社出版。

1 月，长篇小说《古船》列“人民文学奖获奖书系”由人民文学出版社出版。

2 月，在《天涯》第 1 期发表随笔《想象的贫乏与个性的泯灭》。

3 月，在《当代作家评论》第 3 期发表随笔《世界与你的角落——在苏州大学“小说家讲坛”上的讲演》《伦理内容与形式意味——与王尧的文学对话录》。

3 月，随笔集《〈楚辞〉笔记》由台湾时报出版公司出版，

3 月，完成长篇小说《你在高原·西郊》（《曙光与暮色》）三稿。

4 月 5 日，始写长篇小说《丑行或浪漫》。

4 月，在《读书》第 4 期发表随笔《纸与笔：中年的阅读》。

5 月，长篇小说《我的田园》由漓江出版社出版。

5 月，长篇小说《你在高原——一个地质工作者的手记》由漓江出版社出版。

5 月，中短篇小说集《蘑菇七种》由台湾印刻出版公司出版。

6 月，在《天涯》第 3 期发表随笔《文学不应是一种职业》。

7 月 13 日，作为山东出版集团顾问参加青岛出版咨询年会并作演讲，后整理为《文学三极》。

8 月，接受《南方周末》采访，后整理为《对世界的感情》。

9 月 18 日，完成长篇小说《丑行或浪漫》一稿。

10月，随笔集《纸与笔的温情》由春风文艺出版社出版。

10月，任山东省作家协会主席。

11月8日，开始修改长篇小说《丑行或浪漫》。

11月，在《上海文学》第11期发表短篇小说《父亲的海》。

11月，完成长篇小说《你在高原·西郊》（《曙光与暮色》）四稿。

12月，随笔集《人的魅力：读域外作家》由文汇出版社出版。

12月，亲自筹划的国内第一座现代书院万松浦书院在龙口建成。完成随笔《筑万松浦记》。

本年，长篇小说《外省书》获首届齐鲁文学奖。

2003年

1月10日，长篇小说《丑行或浪漫》在济南定稿。

1月24日，在《文汇报》发表随笔《冬夜访谈》。

1月，在《山东文学》第1期发表"张炜作品专辑"，包括短篇小说《我弥留之际》、文论《世界与你的角落》、访谈录《伦理内容与形式意味》。

1月，短篇小说《庄周的逃亡》收入《布老虎丛书2002冬之卷》（合集）由春风文艺出版社出版。

1月，长篇小说《你在高原·西郊》由春风文艺出版社出版。

1月，长篇小说《丑行或浪漫》由云南人民出版社出版。

2月，完成诗歌《中年的午夜》《爱屋及乌》《一只老成持重的狗》《童年的沙》等。

2月，在《当代作家评论》第1期发表随笔《我惧怕自己对世界没有感情》《<

纸与笔的温情＞自序》。

2月，《张炜王光东对话录》由苏州大学出版社出版。

2月，在《芙蓉》第1期发表长篇小说《你在高原·西郊——一位地质工作者的手记》。

3月，完成诗歌《家住万松浦》《来龙口的火车》等。

3月，访意大利，其间参观庞贝古城遗址。

4月，在《天涯》第2期发表随笔《冬夜笔记》。

4月，在《大家》第2期发表长篇小说《丑行或浪漫》。

5月，随笔集《世界与你的角落》由昆仑出版社出版。

6月，在《天涯》第3期发表散文《筑万松浦记》。

7月，在《上海文学》第7期发表短篇小说《许蒂》。

7月，散文随笔集《守望于风中》由上海三联书店出版。

7月，在日本《螺旋》杂志第7期发表长篇小说《古船》。

8月，在《当代作家评论》第4期发表随笔《半岛的灵性——读张清华的评论》。

8月，在日本《螺旋》杂志第8期发表长篇小说《古船》。

9月29日，万松浦书院开坛，发表开坛致辞。

9月，在日本《螺旋》杂志第9期发表长篇小说《古船》。

9月，长篇小说《九月寓言》列"新经典文库"由春风文艺出版社出版。

10月，完成随笔《从国际艺术村谈起》《书院的思与在》《在滔滔的汇流之中》《课堂：文学的盛宴》等。

10月，小说集《庄周的逃亡》由江苏文艺出版社出版。

11月，完成诗歌《白色》《关于花的约定》《怀念松林夜》《失望》《眼睛》《回忆太鲁阁》等。

11月，在《上海文学》发表短篇小说《父亲的海》《烧花生》。（《新华文摘》

2004年第2期选载《父亲的海》）

11月，长篇小说《丑行或浪漫》获2003年“中国最美的书”奖。

12月，长篇小说《能不忆蜀葵》由台湾麦田出版公司出版。

本年，中短篇小说集《瀛洲思絮录》、长篇小说《远河远山》由台湾印刻出版公司出版。

本年，长篇小说《丑行或浪漫》获中国书刊协会年度畅销书奖，短篇小说《鱼的故事》获中国作协、国家环保局颁发的首届中国环保文学奖。

2004年

1月，短篇小说《父亲的海》由《中华文学选刊》第1期选载。

1月，散文随笔集《书院的思与在》由广西师范大学出版社出版。

2月22日，在万松浦完成中篇小说《风姿绰约的年代》（长篇小说《家族》的《缀章》）。

2月，在《诗刊》2月号上半月刊发表《张炜短诗六首》、创作谈《诗是我的最爱》。

3月18－24日，随中国作家代表团赴法国参加中法文化年活动，其间在“巴黎图书沙龙”演讲。

3月下旬，应法国马赛大学邀请讲学一周，游览普罗旺斯地区。

3月，在《运河》第3期发表短篇小说《在族长与海神之间》。

4月17日，在济南完成长篇小说《家族》的《缀章》部分的改写。

4月，完成随笔《作家的不同房间》。

5月，在《青年文学》第5期发表散文《匆促的长旅》。

5月，长篇小说《古船》列“中国当代名家长篇小说代表作”由人民文学出版社出版。

5月，长篇小说《怀念与追忆》由花城出版社出版。

5月，长篇小说《柏慧》由中国社会出版社出版。

6月，完成散文《万松浦纪事》《谈简朴生活》《品咂时光的声音》《诗意及其背景》《仅有一个旅途》《它们》，随笔《再说“简朴”》等。

6月，在《当代作家评论》第3期发表评论《< 暗示 > 阅读笔记》。

6月，在《长城》第3期发表中篇小说《我和女医师》。

7月31日，完成散文《因为绝望而哭泣》。

8月，在《大家》第4期发表中篇小说《风姿绰约的年代 ——曲府与宁府人物志》。

9月12日，在山东理工大学演讲，整理为《纯文学的当代境遇》。

9月，散文随笔集《旅行笔记》由山东画报出版社出版。

10月，中篇小说《我和女医师》由《中篇小说选刊》第5期选载。

10月，散文集《艾略特之杯》由华东师范大学出版社出版。

11月，散文集《书院的思与在》由广西师范大学出版社出版。

11月，山东省档案馆举行仪式，接受张炜献出的部分档案，建立“名人档案室 · 张炜全宗”。

12月3日，订补中篇小说《远河远山》，始写《缀章：碎片》。

12月28日，《远河远山》作为长篇小说定稿。

2005年

1月，长篇小说《外省书》由花城出版社出版。

1月，长篇小说《家族》（增订完整版）由文化艺术出版社出版。

1 月，随笔集《远逝的风景：读域外现代画家》由北京大学出版社出版。

1 月，随笔集《遥远的我：张炜随笔卷》由新华出版社出版。

1 月，短篇小说集《风姿绰约的年代》由解放军文艺出版社出版。

2 月，完成长篇散文《莱山之夜》。

2 月，在《天涯》第 1 期发表散文《它们——万松浦的动物们》。

2 月，在《当代作家评论》第 1 期发表随笔《精神的背景 —— 消费时代的写作与出版》。

3 月，长篇小说《丑行与浪漫》由云南人民出版社出版。

4 月，主编的万松浦书院院刊《背景》创刊号出版。

4 月，长篇小说《能不忆蜀葵》由长江文艺出版社出版。

5 月，长篇小说《九月寓言》由人民文学出版社出版。

5 月，长篇小说《远河远山》（续写完整版）由时代文艺出版社出版。

5 月，散文集“唯美主义文本系列”之一《绿色的遥思》、之二《批评与灵性》、之三《永恒的自语》由文汇出版社出版。

5 月，散文集《我选择，我向往》列万松浦书院“简朴生活丛书”由山东画报出版社出版。

6 月 6 日，在万松浦书院主持国际诗歌节，发表致辞，后整理为《诗歌时段》。

6 月，在《小说评论》第 3 期发表散文《自述》。

6 月，在《大家》第 3 期发表系列散文《山水情结》。

7 月，中短篇小说集《头发蓬乱的秘书》由中国社会出版社出版。

8 月，在《十月》发表中篇小说《远山远河》（《北京文学 · 中篇小说月报》第 8 期选载）。

9 月中旬，赴英格兰参加国际诗歌节，顺访伦敦大学，参加诗歌朗诵会。

9 月 29 日，晚在苏格兰湾园艺术中心主持万松浦书院论坛“首次中英诗人大对话”。

9 月，诗集《家住万松浦》由时代文艺出版社出版。

10 月 1 日，完成诗歌《岛上传奇 ——伦敦有感》。

11 月，在济南始写长篇小说《刺猬歌》。

12 月，在《中国作家》第 6 期发表中篇小说《燃烧的李子树》。

12 月，中短篇小说集《张炜作品精选》列“跨世纪文丛（精华本）”由长江文艺出版社出版。

本年，完成随笔《伦理内容与形式意味》。

2006 年

1 月，小说集《黑鲨洋》由春风文艺出版社出版。

1 月，主编的《巴金箴言录》由时代文艺出版社出版。

1 月，小说散文集《张炜精选集》列“世纪文学 60 家”，由北京燕山出版社出版。

1 月，随笔集《〈楚辞〉笔记》由上海三联书店出版。

1 月，散文随笔集“唯美主义文本系列”之四《存在与品质》、之五《生命的刻记》、之六《诗性的源流》由文汇出版社出版。

2 月，在《时代文学》第 1 期发表诗歌《张炜的诗》。

2 月，在《山东文学》第 2 期发表散文《张炜散文二题》。

3 月，在《青年文学》第 3 期发表随笔《气质和心地》。

3 月，在龙口完成长篇小说《刺猬歌》初稿。

5 月 1 日，出席万松浦书院莱西湖会馆落成剪彩仪式。

5 月，《张炜作品精选》由北京燕山出版社出版。

5 月，山东文艺出版社出版了孔范今、施战军主编，黄铁编选的《张炜研究资料》，系“中国新时期文学研究资料汇编”乙种本之一。

6 月 25 日，在上海大学文学圆桌会议上发言，后整理为《“个性”和“想象力”》。

6 月 28 日，在首届“上海文学周”演讲，后整理为《今天的遗憾和慨叹》。

6 月，完成长篇小说《鹿眼》第六稿。

6 月，李晓明编《张炜小说（学生版）》列“名家精品阅读之旅”由吉林文史出版社出版。

7 月，长篇小说《九月寓言》由美国 Homa Sekey Books 出版。

7 月，在济南修改长篇小说《刺猬歌》。

8 月，在《探索与争鸣》第 8 期发表随笔《文学与当代生活 —— 文学阅读永远不会消亡》。

8 月，完成长篇小说《人的杂志》三稿。

9 月，在万松浦改定长篇小说《刺猬歌》。

9 月，散文集《回眸三叶》由中国社会出版社出版。

10 月，完成随笔《少年的读与写》、散文《写作，办杂志和行走》。

10 月，哈珀 · 柯林斯出版集团在法兰克福书展举行新闻发布会，宣布选定出版三部中国现当代文学经典作品，长篇小说《古船》与沈从文的《边城》、老舍的《骆驼祥子》入选。

11 月 12 日，在中国作家协会第七次全国代表大会上当选为中国作协主席团委员。

11 月 25 日，主编的万松浦书院院刊《背景》（电子版）首辑出刊。

11 月，在《山花（上半月）》第 11 期发表随笔《关于“个性”和“文学想象力”——在上海大学文学圆桌会议上的发言》。

12 月 6 日，在山东文学讲习所授课：想象 · 功课 · 气象。

本年，在日本《火锅子》杂志第 68 号发表短篇小说《冬景色》。

2007年

1月9日，受邀任中国石油大学人文学院名誉院长。

1月，在《山花》第1期发表随笔《城市与现代疾患》。

1月，在《当代》第1期发表长篇小说《刺猬歌》（《长篇小说选刊》特刊2卷选载，同时发表随笔《情感有无限的思想》）。

1月，长篇小说《刺猬歌》由人民文学出版社出版。

1月，坂井洋史译长篇小说《九月寓言》由日本彩流社出版。

1月，长篇小说《古船》由漓江出版社出版。

2月，美国Homa Sekey Books出版长篇小说《九月寓言》。

3月初，访问拉美三国：古巴、阿根廷、哥伦比亚。

3月，完成诗歌《哈瓦那》《瞭望山庄——古巴海明威故居》《观古炮台点炮仪式》《恶魔之矛——从拉斯加斯到布宜诺斯艾利斯的空中历险》《特拉法特小镇——去莫雷诺冰川》《火地岛》《巴拉拿河》《波哥大之思》《北冥——万松浦夜雨》等。

3月，散文集《张炜自述：野地与行吟》由中国社会出版社出版。

4月12日，在复旦大学演讲，后整理为《沉迷与超越》。

4月13日，在上海作家协会演讲，后整理为《言说的细部》。

4月17日，在北京师范大学演讲，后整理为《在半岛上游走》。

4月，完成长篇散文《深爱之章》。

4月，长篇小说《丑行或浪漫》由漓江出版社出版。

5月5日，在《当代作家评论》文学讨论会上发言，后整理为《小说状态：预测和感想》。

5月18日，在万松浦书院主持第九届徐福故里文化节暨《徐福志》首发式。

5月，在《上海文学》第5期发表随笔《把文字唤醒——在大众讲坛的演讲》。

5月，完成长篇小说《荒原纪事》四稿。

6月，受聘中国石油大学兼职教授及人文社会科学学院名誉院长。

7月，在龙口完成长篇小说《无边的游荡》三稿。

7月，在《书城》第7期发表随笔《灵异、动物、怪力乱神——随笔四题》。

7月，选编的《一生的文学基础：和张炜一起读小说》《一生的文学基础：和张炜一起读散文》由中国工人出版社出版。

8月19日，在万松浦书院出席山东省学术（创作）基地、山东省广电总局工作室揭牌仪式。

8月，在《当代小说（下半月）》第8期发表诗歌《塔拉法特小镇（外三首）——去莫雷诺冰川》。

9月26日，在中国海洋大学演讲，后整理为《阅读：忍耐或陶醉》。

9月27日，在中国石油大学演讲，后整理为《二十年的演变》。

9月，长篇小说《古船》列“中国文库”由人民文学出版社出版。

10月14－20日，出席万松浦书院首届“山东省青年作家高级研修班”，20日发表演讲，后整理为《文学散谈四题——在万松浦书院座谈》。

12月1日，出访俄罗斯期间，拜谒列夫·托尔斯泰故居雅斯纳亚·波良纳。

12月，散文集《秋天的大地》由中国青年出版社出版。

本年，小说《童年》由法国 Desclee de Brouwer 出版。

2008年

1月，完成诗歌《雅斯纳亚·波良纳》《圣彼得堡街角——陀思妥耶夫斯基故居》等。

1 月，《张炜散文》列“中华散文插图珍藏本”由人民文学出版社出版。

1 月，随笔集《匆促的长旅》列“中国当代文学大家随笔文丛”由中国海关出版社出版。

2 月，《天府之吟——读刘小川“品中国文人”》在《小说界》第 1 期发表。

2 月，在《天涯》第 1 期发表随笔《阅读：忍耐或陶醉》。

2 月，在《小说评论》第 1 期发表随笔《观察文学的四个角度——在北京师范大学的演讲》。

3 月 6 日，在威海市创作座谈会上讲话，后整理为《远和静，环境和文学》。

4 月，接受《深圳特区报》采访，后整理为《写作，我们这一代》。

4 月，完成长篇小说《海客谈瀛洲》四稿。

5 月，随笔《谈简朴生活》在《绿叶》第 5 期发表。

6 月 1 日，在山东寿光文学讲习班演讲，后整理为《告诉我书的消息》。

6 月，《张炜的诗》（自印本）列“琴韵录丛书”由水云社出版。

7 月 1 日，在万松浦书院主持《背景》杂志研讨会。

7 月 18 日，在万松浦完成长篇散文《芳心似火——兼论齐国的恣与累》初稿。

8 月 21 日，在龙口常胜村完成长篇散文《芳心似火——兼论齐国的恣与累》二稿。

8 月，在万松浦书院出席陈占敏长篇小说《悬挂的魂灵》《金童话》研讨会并发言。

8 月，随笔集《〈楚辞〉笔记》列“名家经典解读丛书”由上海人民出版社出版。

9 月 11 日，改定长篇散文《芳心似火——兼论齐国的恣与累》。

9 月 18 日，在四川眉山“传统文化论坛”演讲，后整理为《大物与大言之间》。

9 月，访问韩国。

9 月，《张炜散文精选集》列“中国名家散文精选系列”由新世界出版社出版。

10 月 16 日，在北京师范大学国际研讨会上演讲：《茂长的大陆——对美国文学的遥感》。

11 月，在《人民文学》第 11 期发表短篇小说《东莱五记》（《小说月报》2009 年第 1 期选载）。

11 月，始写长篇小说《海客谈瀛洲》五稿。

12 月，在《小说界》第 6 期发表长篇散文《芳心似火——兼论齐国的恣与累》。

12 月，完成长篇小说《橡树路》三稿。

本年，日本《火锅子》杂志第 5 期开始连载长篇小说《古船》，美国 Harper Collins Publishers 出版长篇小说《古船》（北美版）。

2009 年

1 月，长篇散文《芳心似火——兼论齐国的恣与累》由作家出版社出版。

1 月，中篇小说《蘑菇七种》由作家出版社出版。

1 月，散文随笔集《在半岛上游走》由作家出版社出版。

1 月，始写长篇小说《鹿眼》第七稿。

2 月 24 日，在济南改定 1990 年写的短篇小说《酒窖》。

3 月 29 日，完成随笔《纵情言说的野心》。

3 月，中篇小说《蘑菇七种》单行本由美国 Homa Sekey Books 出版。

4 月 11 日，在淄博“读书大讲堂”演讲，后整理为《独一无二的文化背景》。

4 月，在《当代作家评论》第 2 期发表随笔《茂长的大陆——对美国文学的遥感》。

4 月，小说集《张炜精选集：海边的风》由北京燕山出版社出版。

4 月，长篇小说《九月寓言》《家族》列“共和国作家文库”由作家出版社出版。

5 月，启动万松浦书院大型文化工程《徐福词典》编纂工作，担任编委会主任。

5 月，《九月寓言》列“《收获》五十年精选系列”由中国文联出版社出版。

6月，在《当代作家评论》第3期发表评论《谁读齐国老顽耿》。

6月，在龙口完成长篇小说《曙光与暮色》第五稿。

6月，散文集《野地与酒窖》由明报月刊出版社、新加坡青年书局联合出版。

7月，在《山花》第7期发表散文《酒窖》《尊敬经典——从阅读的演变谈起》《阿雅的故事》。

7月，在《书城》第7期发表散文《痴迷者的空间》。

7月，在万松浦完成长篇小说《荒原纪事》五稿。

7月，《古船》列"新中国60年长篇小说典藏"由人民文学出版社出版。

8月26日，在万松浦书院与大学生座谈，后整理为《上路和远行》。

9月17日，完成系列随笔《春天的阅读》。

9月，在《人民文学》第9期发表短篇小说《魂魄收集者》。

10月10日，在"中欧作家对话会"上演讲，后整理为《与全球化逆行的文学写作》。

10月，在万松浦完成长篇小说《忆阿雅》三稿。

10月，在万松浦完成长篇小说《人的杂志》四稿。

11月18日，在万松浦完成长篇小说《无边的游荡》五稿。

11月，完成长篇小说《我的田园》五稿。

12月2日，完成长篇小说《橡树路》四稿。

12月15日，完成39卷、10部、450万言长篇小说《你在高原》。

12月，完成长篇小说《海客谈瀛洲》六稿。

12月，完成长篇小说《鹿眼》八稿。

12月，诗集《夜宿湾园》由上海文艺出版社出版。

本年，《古船》（欧洲版）由美国 Harper Collins Publishers 出版。

2010年

1月，10卷本“中国当代作家·张炜系列”由人民文学出版社出版，包括长篇小说《古船》《九月寓言》《柏慧》《外省书、远河远山》《能不忆蜀葵》《丑行或浪漫》《刺猬歌》，中短篇小说集《海边的雪》《蘑菇七种》，散文随笔集《夜思与独语》。

1月，散文集《绿色遥思》由生活·读书·新知三联书店出版。

1月，长篇小说《古船》列“中国当代长篇小说丛书绘画评点本”（谭湘评点）由中国工人出版社出版。

1月，3卷本“张炜作品”《梦中苦辩》《紫色眉豆花》《筑万松浦记》由青岛出版社出版。

2月，在《海燕》第2期发表随笔《与全球化逆行的文学写作》《言说的细部——当下写作的可能性》。

3月初，历时22年创作的10卷本大河小说《你在高原》（精装版）由作家出版社出版，包括长篇小说10部：《家族》《橡树路》《海客谈瀛洲》《鹿眼》《忆阿雅》《我的田园》《人的杂志》《曙光与暮色》《荒原纪事》《无边的游荡》。该书分39卷，10个单元，共计450万字。

3月16日，出席作家出版社举办的长篇小说《你在高原》新书发布会。出版者介绍：这并非一般意义上的系列作品，而是已知中外小说史上最长、最为卷帙浩繁的一部纯文学著作。

3月中旬，作为驻校作家受邀赴香港浸会大学主持“小说坊”，讲授小说写作。在五堂主讲及三次班访中，共用二十余课时讲述了小说创作的几个主要环节，首次系统论述了自己的写作理念，讲稿后整理为《小说坊八讲》。

3月17日，接受香港电台的访谈，后整理为《穿越理性的筛子》。

3月24日，在香港浸会大学进行第一次班访座谈，后整理为《文学的性别奥秘》。

3月25日，在香港浸会大学进行第二次班访座谈，后整理为《写作训练随谈》。

3月31日，在香港浸会大学欢迎茶会上致答辞《在文学的绿地上》。

3月下旬，接受媒体采访，后整理为《充耳不闻的状态》。

3月，散文集《我将逃亡何方》由香港商务出版公司出版。

4月10日，在香港青年写作协会演讲，后整理为《谈自然写作》。

4月14日，在香港浸会大学进行第三次班访座谈，后整理为《文学初步及其他》。进行“小说坊”讲座第一讲：语言。

4月16日，在香港浸会大学“文学空间”座谈会上发言，后整理为《地理空间与心理空间》。

4月19日，在香港浸会大学演讲，后整理为《小说与动物》。

4月21日，在香港浸会大学进行“小说坊”讲座第二讲：故事。

4月24日，在香港三联书店演讲，后整理为《写作是一场远行》。

4月28日，在香港浸会大学进行“小说坊”讲座第三讲：人物。

4月30日，在香港作家协会演讲，后整理为《心史与人的坚持》。

4月，在《香港文学》4月号发表短篇小说《叶春》，创作谈《写作，我们这一代》，随笔《选择的权利，优雅的姿态》《悲欢与喜庆之间》《书院随谈》。

4月，长篇小说《橡树路》由上海文艺出版社出版。

4月，10卷本大河小说《你在高原》（平装版）由作家出版社出版。

4月，接受香港媒体采访，谈《你在高原》的写作，后整理为《渴望更大的劳动》。

5月2日，在香港中央图书馆演讲，后整理为《大自然，城市和文学》。

5月5日，在香港浸会大学进行“小说坊”讲座第四讲：主题。

5月11日，接受香港媒体采访，后整理为《潮流、媒体与我们》。

5月12日，在香港浸会大学进行“小说坊”讲座第五讲：修改。

6 月 5 日，与香港中学生聚谈，后整理为《更清新的面孔》。

7 月 4 日，受邀任母校鲁东大学文学院名誉院长。

7 月 5 — 6 日，出席母校鲁东大学校庆活动，作演讲《今天的阅读 —— < 你在高原 > 散谈》。

8 月 30 日，出席北京第十七届国际图书博览会“中国作家馆”开馆仪式。

8 月，在《天涯》第 4 期发表随笔《有一些神秘的东西蕴含在时间里》。

8 月，在《中国作家》第 4 期发表长篇小说《荒原纪事（上）》。

8 月，散文集《葡萄与靴》由广东教育出版社出版。

9 月 4 — 5 日，出席由中国作家协会在北京主办的《你在高原》研讨会。

9 月 11 日，出席作家出版社和北京大学联合举办的“中国作家北大行”系列活动，演讲后整理为《留心作家的行迹》。

9 月 24 — 25 日，在哈佛大学出席第二届中美作家论坛作题为《午夜来獾》的演讲。

10 月 10 日，在中国现代文学馆作题为《文学：二十一世纪的印象与展望》的演讲。

10 月 11 日，上午出席由中国人民大学文学院、中国人民大学当代文艺思潮研究所主办的“著名作家进人大”系列活动之第一场：张炜《你在高原》长篇小说研讨会。

10 月 11 日，下午在鲁迅文学院演讲，后整理为《消失的“分号”》。

10 月 15 日，赴海南出任“奥林匹克长篇小说大奖”评委。

10 月 19 日，在海南师范大学演讲，后整理为《小说家和散文》。

10 月 21 日，在华中科技大学演讲，后整理为《时代的阅读深度》。

10 月 23 日，在湖北黄石“中国文化论坛”演讲，后整理为《文学的当代选择》。

10 月，在《中国作家》第 5 期发表长篇小说《荒原纪事（下）》。

11 月，完成系列随笔《阅读的烦恼——关于 25 部作品的札记》。

12 月 12 日，在滨州医学院演讲，后整理为《书香何来》。

12 月 18 日，在“中国文学高端论坛 ”演讲，后整理为《时下的阅读和出版》。
12 月 21 日，在“中法作家对话会”上演讲，后整理为《对经典的最后背离》。
12 月 28 日，《你在高原》入选《人民日报》、人民网评选的 2010 年度“最具影响力十部书”。
12 月，在《江南》第 6 期发表随笔《二十年的演变》。
12 月，在《青年作家》第 12 期发表随笔《文学散谈》。
本年，评为年度“中国十大最受欢迎作家”。

2011 年

1 月 2 日，在《中国教育报》“2010 年度十大文化人物”评选中列首位。
1 月 9 日，《出版人》杂志与搜狐读书频道联合主办的“2010 中国书业年度评选”揭晓，因《你在高原》获“年度作者奖”。
1 月 9 日，香港《大公报》公布 2010 年度“最值得珍藏的人与书”，张炜和《你在高原》列首位。
1 月 13 日，《你在高原 · 荒原纪事》获第四届“中国作家鄂尔多斯文学大奖”。
1 月 13 日，《当代》长篇年度小说奖揭晓，《你在高原》入选“年度五佳”。
1 月中旬，《亚洲周刊》“2010 年全球华文十大小说”评选揭晓，《你在高原》位居榜首。
1 月 22 日，在北京中国现代文学馆第 2 届中法文学论坛上，参加与法国作家的对话活动。
1 月，《青年文学》第 1 期开始连载《小说八讲》，到 2012 年第 1 期结束。
1 月，在《文学界（专辑版）》第 1 期发表散文《东部：美城之链》《十年琐记》

《纯良的面容——回忆罗伯特·鲍曼》《风会试着摧毁他》《关于〈你在高原〉》。

1月，入选“齐鲁精英十大风云人物”。

2月，散文《人迹罕至的大路》在《走向世界》第4期发表。

3月1日，出席“中国作家出版集团奖”颁奖大会，长篇小说《你在高原》（全10册）荣获特别奖。

3月16日，在万松浦书院主持“国学热的思考”座谈会，发言整理为《国学热的联想》。

4月12－18日，接受《南方周末》记者朱又可要求，与之进行6次深度对谈。

4月，《小说坊八讲》繁体字本由商务印书馆（香港）出版。

4月，演讲集《午夜来獾》由作家出版社出版。

5月5日，《南方周末》推出“张炜专题”：《怎样创造出无愧于伟大作品的时代？——作家张炜谈“大物”和“大言”》《一个人绝望之后的曲折故事——张炜和十卷本小说〈你在高原〉》《人人都相信蒲松龄的故事是真的——张炜22年东部半岛行走见闻》《造机器·建书院·盖影院·编词典——一个作家的非写作生活》。

5月6日，在华南师范大学演讲，后整理为《求学今昔谈》。

5月7日，获“第九届华语文学传媒大奖2010年度杰出作家”奖，在广州领奖并发表感言《阿雅承诺的故事》。同日，新书《午夜来獾》发布会召开。

5月9日，与朱又可进行第七次深度对谈，结束。后由朱又可整理为《行者的迷宫》一书。

5月10－13日，在西安出席中国－韩国作家交流会议。

5月26日，受邀任聊城大学文学院名誉院长。

5月，随笔《小说与动物——在香港浸会大学的演讲》在《山花（上半月）》

第 5 期发表。

6 月 7 日，始写长篇小说《半岛哈里哈气》。

6 月，在《天涯》第 3 期发表随笔《午夜来獾——关于自然生态文学》。

7 月，在《文艺争鸣》第 7 期发表随笔《保持“浪漫”是人类对于成长悲剧的本能反抗——从“古船”到“高原”的文学对话》。

8 月 6 日，在万松浦书院接待西藏作家代表团来访。

8 月 15 日，在万松浦书院与河北“寻访文学大家”学习交流团进行座谈，谈话后整理为《线性时间观及其他》。

8 月 20 日，第八届茅盾文学奖揭晓，《你在高原》为五部获奖作品之首。

8 月 26 日，完成随笔《文学属于有阅历的人——文学访谈》。

8 月 30 日，出席澳大利亚悉尼举办的“中国文化年”活动项目之一中澳文学论坛开幕式，并作题为《当代写作的第三种选择》的演讲。

9 月，《小说坊八讲》由生活 · 读书 · 新知三联书店出版。

9 月 5 日，山东省作家协会在济南召开张炜长篇小说《你在高原》荣获第八届茅盾文学奖座谈会。

9 月 19 日，晚上出席在北京国家大剧院小剧场举行的第八届茅盾文学奖颁奖典礼，并发表感言。颁奖词称：《你在高原》是“长长的行走之书”，在广袤大地上，在现实与历史之间，诚挚凝视中国人的生活和命运，不懈求索理想的“高原”。

9 月 27 日，向山东地矿局地质工作者赠送大河小说《你在高原》。

9 月，10 卷本大河小说《你在高原（纪念版）》由作家出版社出版。

10 月 13 日，在中国国际徐福文化交流协会第三届会员代表大会上当选为会长。

10 月 18 日，完成长篇小说《半岛哈里哈气》。

10 月 29 — 30 日，出席鲁东大学举办“张炜《你在高原》研讨会”。

10 月 31 日，做客山东理工大学稷下大讲堂，作题为《我们需要的大陆》的专题报告。

10 月，在“中澳文学”周上作题为《第三种选择》的演讲。

10 月，在《花城》第 5 期发表随笔《消失的分号及其他——在鲁迅文学院的演讲》。

11 月 26 日，在四川眉山“文化讲堂”演讲，后整理为《文化环境与自然环境》。

11 月，韩国 Book Pot 出版社出版《芳心似火》单行本。

12 月 9 日—11 日，出席复旦大学中文系和浙江工商大学人文与传播学院在杭州联合主办的“当代作家与中外文艺资源——张炜创作学术研讨会”并致答谢辞。

12 月 11 日，在浙江工商大学演讲，后整理为《不同的志向》。

12 月 18 日，在湖南“文学名家讲堂”演讲，后整理为《数字时代的语言艺术》。

本年，长篇小说《无边的游荡》由《长篇小说选刊》特刊 8 卷选载，同时发表创作谈《二十二年的跋涉》。

2012 年

1 月 9 日，在北京出席长篇小说《半岛哈里哈气》新闻发布会并发表演讲。

1 月，在《中国比较文学》第 1 期发表随笔《我们需要的大陆（上）》。

1 月，长篇小说《半岛哈里哈气》之一《老果孩》由上海文艺出版社出版。

1 月，“半岛哈里哈气系列”5 卷中篇小说《养兔记》《美少年》《长跑神童》《海边歌手》《抽烟与捉鱼》由河北少年儿童出版社出版。

1 月，随笔集《〈楚辞〉笔记》由中国青年出版社出版。

1 月，散文随笔集《张炜散文选集》由百花文艺出版社出版。

1 月，小说集《生长蘑菇的地方》由作家出版社出版。

2月，在《花城》第1期发表长篇小说《半岛哈里哈气》。

2月，在《中国比较文学》第2期发表随笔《我们需要的大陆（下）》。

2月，在《文艺争鸣》第2期发表随笔《写作是一场远行——在香港三联书店的演讲》。

2月，散文集《告诉我书的消息》由新华出版社出版。

3月，再订长篇散文《莱山之夜》。

4月，在《书城》第4期发表随笔《写作和行走的心情（上）——文学随谈录》。

5月12日，在万松浦讲坛（2012春季）授课，到17日共进行七讲（共二十余课时），讲稿后整理为《疏离的神情》一书。

5月，在《书城》第5期发表随笔《写作和行走的心情（下）——文学随谈录》。

6月21日，在万松浦书院主持燕冲长篇小说《群猫之舞》研讨会。

6月，在《长江文艺》第6期发表散文《莱山之夜》。

6月，在《文艺争鸣》第6期发表随笔《诗心和童心——关于儿童文学及<半岛哈里哈气>》。

7月，在《上海文学》第7期发表随笔《不同的志向》。

7月，在《时代文学》第7期发表散文《纯良的面容——回忆罗伯特·鲍曼（外二篇）》。

7月，在《山东文学》第7期发表随笔《文学的当代选择——在“黄石文化讲堂”的演讲》。

8月，7卷本“张炜中短篇小说年编”（精装版与平装版）由安徽文艺出版社出版，包括中篇小说卷《海边的风》《秋天的愤怒》《请挽救艺术家》，短篇小说卷《钻玉米地》《秋雨洗葡萄》《采树鳔》《狐狸和酒》。

8月，散文集《游走：从少年到青年》由广西师范大学出版社出版。

9 月上旬，与美国出版商签署 14 部书的国际版权合作协议。

9 月，在《西部》第 9 期发表长诗《饥饿散记》。

9 月，随笔集《葡萄园畅谈录》由上海人民出版社出版。

9 月，小说集《唯一的红军》由甘肃人民出版社出版。

10 月 20 — 21 日，在万松浦书院主持“徐福笔会”。

10 月，在《创作与评论》第 10 期发表随笔《太多的不安和喜悦》《关于 < 你在高原 > 及其它》。

10 月，《纸与笔的温情 —— 张炜寄小读者》列“名家寄小读者”由二十一世纪出版社出版。

11 月 12 日，出席在北京国家图书馆举行的首部回顾文学人生的自述《游走：从少年到青年》新书发布会暨作品多语种推介会。

12 月，10 卷本大河小说《你在高原（珍藏版）》由作家出版社出版。

本年，长篇小说《九月寓言》由上海文艺出版社出版纪念建社 60 周年编号非卖品。

2013 年

1 月 11 日，出席在北京会展中心举行的《张炜中短篇小说年编》8 卷本珍藏版首发暨媒体见面会并致辞。

1 月，长篇小说《古船》列“朝内 166 人文文库中国当代长篇小说”由人民文学出版社出版。

1 月，散文集《品咂时光的声音》列“茅盾文学奖获奖作家的短经典”由人民文学出版社出版。

2 月 14 日，在万松浦书院与来访的青州市文学创作者联合会参观团进行座谈交流。

2月，20卷《万松浦记：张炜散文随笔年编》由湖南文艺出版社出版，书名依次为《失去的朋友》《葡萄园畅谈录》《去看阿尔卑斯山》《心事浩茫》《爱的浪迹》《无可隐匿的心史》《莱山之夜》《梭罗木屋》《昨日里程》《〈楚辞〉笔记》《村路今生漫长》《奔跑女神的由来》《品咂时光的声音》《芳心似火》《纵情言说的野心》《小说坊八讲》《小说与动物》《求学今昔谈》《安静的故事》《诉说往事》。

2月，在《青年作家》第2期发表随笔《春天的阅读——文学笔记辑录》。

4月5日，完成中篇小说《小爱物》。

4月27日，完成中篇小说《蘑菇婆婆》。

4月，在《花城》第2期发表随笔《心中无神：宗教与文学》。

4月，在《长江文艺》第4期发表散文《莱山之夜（续）》。

4月，在《百家评论》第2期发表随笔《经历粗粝的生活——与华中科技大学研究生座谈实录》。

4月，随笔集《精神的背景》由华中师范大学出版社出版。

4月，散文随笔集《凝望：47幅图片的故事》《心仪：域外作家小记》《游走：从少年到青年》由广西师范大学出版社出版。

4月，长篇小说《九月寓言》列"大地之魂书系"由重庆出版社出版。

5月12日，在万松浦讲坛（2013春季）授课，到17日共7讲20课时，讲稿后整理为《也说李白与杜甫》一书。

5月，万松浦讲坛（2012年春季）讲稿《疏离的神情》由作家出版社出版。

5月，散文集《谈简朴生活》由作家出版社出版。

5月，10卷本大河小说《你在高原》列"共和国作家文库精选本茅盾文学奖书系"由作家出版社出版。

6月28日，完成中篇小说《卖礼数的狍子》。

6 月，《鸭绿江》第 6 期开始连载长篇散文《莱山之夜》，到第 12 期结束。

6 月，在《天涯》第 3 期发表散文《行者的迷宫（上）》。

6 月，长篇小说《古船》由上海人民出版社出版。

7 月 9 日，完成中篇小说《镶牙馆美谈》。

7 月 18 日，完成中篇小说《千里寻芳邻》。

7 月，完成诗歌《泗渡——一只黄鼬的故事》《豪雨见真章——记半岛十八天大雨》。

8 月 28 日，出席在北京中国国际展览中心新馆举办的 2013 北京国际图书博览会中国作家馆（山东主宾省）开馆仪式，代表山东作家致辞。

8 月，完成诗歌《也说玫瑰》《十八只兔子》《海岛笔记》《猫的注视》《去老万玉家——访丛林深处》《从诗经出发》《五光十色的童年》《有一些游走的小物》《关键》《轻轻地评价》《芳心》《熊》《光》等。

8 月，在《天涯》第 4 期发表散文《行者的迷宫（下）》。

8 月，散文集《莱山之夜》（典藏版）由湖南文艺出版社出版。

8 月，访谈录《行者的迷宫》由东方出版社出版。

8 月，19 卷本《张炜长篇小说年编》由作家出版社出版，包括：《古船》《九月寓言》《柏慧》《外省书》《能不忆蜀葵》《丑行或浪漫》《远河远山》《刺猬歌》《半岛哈里哈气》，以及长河小说《你在高原》的十部：《家族》《橡树路》《海客谈瀛洲》《鹿眼》《忆阿雅》《我的田园》《人的杂志》《曙光与暮色》《荒原纪事》《无边的游荡》。

9 月，在《红豆》第 9 期发表随笔《传统、现代与文学（下）——万松浦书院演讲之一》。

9 月，在《北京文学》第 9 期发表中篇小说《小爱物》《蘑菇婆婆》。（《小说月报》第 10 期选载《小爱物》《蘑菇婆婆》，《小说选刊》第 10 期选载《小

爱物》)

9月，长篇小说《古船》（宣纸线装版三册）由岳麓书社出版。

10月3日，在土耳其国际书展上作题为《两片文学的沃土》的演讲。

10月，10卷本大河小说《你在高原》（插图本）由作家出版社出版。

11月，在《人民文学》第11期发表中篇小说《卖礼数的狍子》。

12月，在《诗选刊》2013年第12期发表随笔《仁慈的心和诗人的心》。

本年，完成长诗《归旅记》。

2014年

1月，在《绿叶》第1期发表散文《万松浦纪事（上）》。

1月，在《山东文学》第1期发表《散文二题》。

1月，散文集《古镇随想》由东方出版社出版。

2月，在《天涯》第1期发表随笔《数字时代的语言艺术》。

2月，在《霞光》第1期发表中篇小说《镶牙馆美谈》。

2月，在《长江文艺》第2期发表中篇小说《千里寻芳邻》。

2月，长篇小说《少年与海》由安徽少年儿童出版社出版。

3月，在《中国作家》第3期发表散文《万松浦七章》。

3月，10卷本大河小说《你在高原》列“茅盾文学奖获奖作品全集”由人民文学出版社出版。

4月20日，第三届“朱自清散文奖”在北京揭晓，以《张炜散文随笔年编》获奖。

4月26日，出席在扬州举行的“朱自清散文奖”颁奖典礼。

5月22日，在万松浦书院举办的第三届万松浦讲坛（春季）上座谈。

5月，在《山东文学》第5期发表《张炜短篇小说专辑》，包括短篇小说9题：《鸽子的结局》《穿越》《孤旅》《羞愧》《何时消失的怪影》《植物的印象》《山药架》《夫人送我三个碟子》《提防》。（《小说选刊》第6期选载《鸽子的结局》）

5月，小说集《中国好小说——张炜》由中国青年出版社出版。

5月，儿童小说《海边妖怪小记》（套装全5册）由安徽少年儿童出版社出版，包括《卖礼数的狍子》《千里寻芳邻》《镶牙馆美谈》《蘑菇婆婆》《小爱物》。

6月，在《人民文学》第6期发表系列散文《描花的日子》（29篇）。

7月，万松浦讲坛（2013年春季）讲稿《也说李白与杜甫》由中华书局出版。

7月，长篇小说《古船》列“中国作家走向世界丛书（第一辑）”由湖南文艺出版社出版。

8月，在《绿叶》第8期发表散文《万松浦纪事（中）》。

9月，在《小说界》第5期发表长篇随笔《也说杜甫与李白》。

10月18日，出席第三届中法文学论坛，在法国东方语言学院图书馆和法兰西国家图书馆参加文学对话活动。

10月25日，做客浙江师范大学，在第85期“尖峰论坛”讲座上畅谈文学创作。

10月30日，在万松浦书院出席中国国际徐福文化交流协会与山东省学术（创作）基地举办的《徐福辞典》专家审稿会，作总结讲话。

10月，《中国校园文学》第19期开始连载中篇小说《蘑菇婆婆》，到第23期结束。

11月，48卷本《张炜文集》（精装本与平装本）由作家出版社出版，包括长篇小说19卷，中短篇小说7卷，散文随笔20卷，诗歌2卷。

11月，插图本散文集《描花的日子》由明天出版社出版。

11月22日，出席在山东省档案馆举行的“张炜创作40年研讨会暨手稿、版本展”系列活动，捐赠8部中长篇小说手稿给山东省档案馆。《张炜文集》（48卷）

首发式同时揭幕。

11 月，获“赋春杯”第三届《青年文学》终身成就奖。

12 月 17 日，在济南完成首部长篇童话《兔子作家》之一到之六。

2015 年

1 月 24 日，完成中篇小说《寻找鱼王》。

2 月，在《长江文艺》2 月下半月发表短篇小说《梦中苦辩（外二篇）》，随笔《童年的纯真里有生命的原本质地》。

3 月，散文《“和蔼”与“安静”》由《杂文月刊（文摘版）》第 3 期选载。

4 月 19 日，出席济南品聚书吧与北大纵横 EMBA 班举办的专场见面会。

4 月，在《天涯》第 2 期发表随笔《今日文学的困境与突围》。

4 月，在《时代文学（下半月）》第 2 期发表散文《深爱之章》。

5 月 16 — 21 日，出席第四届万松浦讲坛（春季），21 日座谈。

5 月，在《文艺争鸣》第 5 期发表《也说李白与杜甫（节选）》。

5 月，《寻找鱼王》作为少年长篇小说由明天出版社出版。

6 月，《寻找鱼王》作为中篇小说在《人民文学》第 6 期发表。

7 月，在《绿叶》第 7 期发表散文《万松浦纪事（下）》。

7 月，在《上海文学》第 7 期发表童话《兔子作家（节选）》。

7 月，短篇小说集《林子深处》、散文集《歌德之勺》由作家出版社出版。

8 月 25 日，出席万松浦书屋开业典礼并剪彩。

8 月，中短篇小说集《鸽子的结局》由安徽文艺出版社出版，同时出版作为《张炜中短篇小说年编》第 8 卷的版本。

10 月 22 日，出任编委会主任、由万松浦书院历时七年编纂的《徐福辞典》由中华书局出版，出席在北京中华书局举行的首发式并致辞。

10 月 24 日，出席第七届名家人文教育高端论坛，作题为《你的四个环境》的演讲。

10 月，10 卷本大河小说《你在高原》(精装本和平装本) 列“茅盾文学奖最新版本”由人民文学出版社出版。

10 月，散文集《山水情结》由辽宁人民出版社出版。

11 月 3 — 6 日，在韩国出席中韩著名作家 (中国张炜 / 韩国金周荣) 作品研讨会。

11 月 13 — 16 日，出席在湖北武汉举办的“法国文学周”活动，与法国翻译家安妮 · 贝尔赫雷特 · 居里安进行“半岛故事与法兰西情怀”的主题对话。

11 月 21 日，出席在济南泺源文化沙龙举行的《春声赋 —— 张炜创作 40 年论文集》(山东大学出版社 2015 年 10 月出版) 座谈会，并应邀为泺源文化沙龙揭牌。

万松浦书院及周边环境　田恩华提供资料，王宁、小0快跑绘。

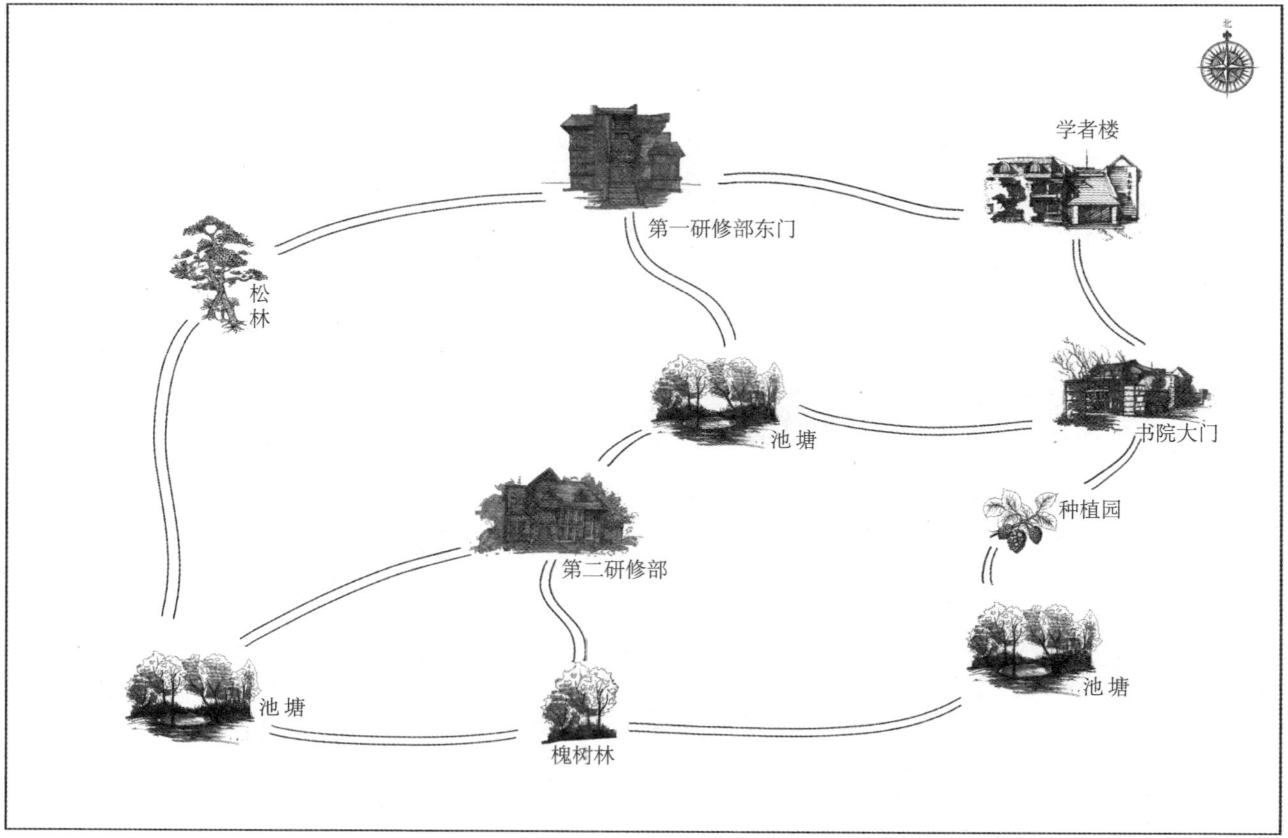

万松浦书院内　田恩华提供资料，王宁、小O快跑绘。

图书在版编目（CIP）数据

归旅记 / 张炜著．—济南：山东教育出版社，2016
（张炜文存）
ISBN 978-7-5328-9253-2

Ⅰ．①归… Ⅱ．①张… Ⅲ．①诗集—中国—当代
Ⅳ．①I267

中国版本图书馆 CIP 数据核字（2015）第 314993 号

总 策 划：刘东杰
出版统筹：祝　丽
特邀编辑：马　兵
责任编辑：白汉坤
装帧设计：王承利　宋晓军
手稿摄影：曹清雅

张炜文存
归旅记

张炜著

主　管：山东出版传媒股份有限公司
出版者：山东教育出版社
（济南市纬一路 321 号　邮编：250001）
电　话：（0531）82092664　传真：（0531）82092625
网　址：sjs.com.cn
发行者：山东教育出版社
印　刷：济南大邦印务有限公司
版　次：2016 年 3 月第 1 版　2016 年 3 月第 1 次印刷
规　格：720mm×1092mm　16 开本
印　张：21.5 印张
字　数：247 千字
书　号：ISBN 978-7-5328-9253-2
定　价：48.00 元